10
18

12, AVENUE D'ITALIE. PARIS XIIIe

Du même auteur
aux Éditions 10/18

À L'OMBRE DE LA GUILLOTINE, n° 3690
▶ LA DISPARUE DE NOËL, n° 3858

SÉRIE « Charlotte et Thomas Pitt »

L'ÉTRANGLEUR DE CATER STREET, n° 2852
LE MYSTÈRE DE CALLANDER SQUARE, n° 2853
LE CRIME DE PARAGON WALK, n° 2877
RESURRECTION ROW, n° 2943
RUTLAND PLACE, n° 2979
LE CADAVRE DE BLUEGATE FIELDS, n° 3041
MORT À DEVIL'S ACRE, n° 3092
MEURTRES À CARDINGTON CRESCENT, n° 3196
SILENCE À HANOVER CLOSE, n° 3255
L'ÉGORGEUR DE WESTMINSTER BRIDGE, n° 3326
L'INCENDIAIRE DE HIGHGATE, n° 3370
BELGRAVE SQUARE, n° 3438
LE CRUCIFIÉ DE FARRIERS' LANE, n° 3500
LE BOURREAU DE HYDE PARK, n° 3542
TRAITORS GATE, n° 3605
PENTECOST ALLEY, n° 3665
ASHWORTH HALL, n° 3743
BRUNSWICK GARDENS, n° 3823
BEDFORD SQUARE, n° 3884

SÉRIE « William Monk »

UN ÉTRANGER DANS LE MIROIR, n° 2978
UN DEUIL DANGEREUX, n° 3063
DÉFENSE ET TRAHISON, n° 3100
VOCATION FATALE, n° 3155
DES ÂMES NOIRES, n° 3224
LA MARQUE DE CAÏN, n° 3300
SCANDALE ET CALOMNIE, n° 3346
UN CRI ÉTRANGLÉ, n° 3400
MARIAGE IMPOSSIBLE, n° 3468
PASSÉ SOUS SILENCE, n° 3521
ESCLAVES DU PASSÉ, n° 3567
FUNÉRAILLES EN BLEU, n° 3640
MORT D'UN ÉTRANGER, n° 3697
MEURTRES SUR LES DOCKS, n° 3794
DARK ASSASSIN, *à paraître en juin 2006*

SÉRIE « Joseph et Matthew Reavley »

AVANT LA TOURMENTE, n° 3761
LE TEMPS DES ARMES, n° 3863

ANNE PERRY

LA DISPARUE DE NOËL

Traduit de l'anglais
par Éric Moreau

INÉDIT

10
18

« Grands Détectives »

dirigé par Jean-Claude Zylberstein

Sur l'auteur

Anne Perry, née en 1938, à Londres, est aujourd'hui célébrée dans de nombreux pays comme la « reine » du polar victorien grâce aux succès de deux séries : les enquêtes de Charlotte et Thomas Pitt (dont elle a publié le vingt-quatrième titre, *Long Spoon Lane,* en 2005), puis celles de William Monk, série qui compte actuellement quinze titres. Anne Perry s'est depuis intéressée à d'autres périodes historiques avec notamment *À l'ombre de la guillotine*, qui a pour cadre le Paris de la Révolution française. Elle a aussi entrepris de publier une ambitieuse série de cinq titres dans laquelle elle brosse le portrait de l'Angleterre pendant la Première Guerre mondiale. Anne Perry vit au nord d'Inverness, en Écosse.

Titre original :
A Christmas Journey

ISBN 2-264-04254-0

Première Partie

Hésitante, Lady Vespasia Cumming-Gould resta un instant au sommet des marches. Applecross, dans le Berkshire, était une de ces splendides résidences de campagne où l'on empruntait un majestueux escalier de marbre pour gagner le vaste salon, dans lequel les convives patientaient avant qu'on annonce le dîner.

Certains levèrent les yeux vers elle, mais il aurait été prétentieux de sa part d'attendre que tout le monde la regarde. Vespasia était vêtue d'une robe de satin nacré, une teinte que tout le monde ne pouvait se permettre de porter, mais le prince Albert en personne disait qu'elle était la plus belle femme d'Europe. Un tel compliment ne lui avait sans doute pas attiré la sympathie de la reine.

Quoi qu'il en soit, il ne s'agissait pas là d'un bal royal mais d'une simple réception au début du mois de décembre. La saison londonienne avec son tourbillon de mondanités était terminée, et ceux qui possédaient une demeure à la campagne y étaient retournés attendre Noël. À part les rumeurs qui circulaient sur une guerre possible en Crimée, on ne connaissait en ce milieu de siècle qu'un progrès sans cesse plus dynamique et la prospérité au sein d'un empire qui s'étendait sur toute la planète.

Omegus Jones vint accueillir son invitée au pied de l'escalier. C'était un hôte parfait, certes, mais surtout un ami de longue date, même si à cinquante ans passés il était son aîné de plus de vingt ans. Ils s'étaient connus par le mari de Vespasia, lui aussi plus âgé qu'elle. Elle avait laissé ses enfants à Londres, entre de bonnes mains.

— Ma chère Vespasia, vous êtes exquise, déclara Omegus, un léger sourire aux lèvres. Vous ne pouvez l'ignorer, alors je vous prierai de ne pas insulter mon intelligence en feignant la surprise, ou, pis encore, en cherchant à le nier.

Grand et mince, il affichait toujours un air amusé, qu'on le croise sur un sentier champêtre ou dans un salon privé à Londres.

— Je vous remercie, dit-elle.

Un mot d'esprit aurait été malvenu, et quoi qu'il en soit la franchise de Jones empêchait toute repartie.

Une dizaine de personnes étaient présentes. Ceux qui occupaient le plus haut rang social étaient Lord et Lady Salchester, suivis de près par Sir John et Lady Warburton. Cette dernière ne manquait jamais une occasion de rappeler que sa sœur avait épousé un duc. Vespasia avait beau être fille de comte, elle ne s'en vantait jamais. Il s'agissait d'un privilège de naissance, pas d'un succès personnel, et, qui plus est, ceux qui comptaient connaissaient déjà son rang. Le crier sur les toits était indélicat, comme si l'on n'accordait aucune valeur ni à soi ni aux autres.

Parmi les convives se trouvaient aussi Fenton et Blanche Twyford, Peter Hanning et Bertie Rosythe — deux très bons partis —, Gwendolen Kilmuir, veuve depuis un an, et Isobel Alvie, qui avait perdu son mari presque trois ans auparavant.

La coutume voulait qu'on ne serve pas de rafraîchissements avant le dîner mais qu'on se contente de discuter en attendant que le majordome fasse tinter la cloche. Les invités se rendaient alors dans la salle à manger selon l'ordre strict des préséances, régi par des règles complexes auxquelles il ne fallait surtout pas déroger.

Lady Salchester, formidable cavalière, portait une robe lie-de-vin pourvue d'un jupon de crinoline aux dimensions impressionnantes. Elle discutait des courses de la dernière saison, en particulier celle de Royal Ascot.

— Quel magnifique animal ! s'enthousiasma-t-elle d'une voix un peu trop forte. Les autres n'avaient aucune chance.

Lady Warburton sourit.

Bertie Rosythe, vêtu d'un habit de la plus belle qualité, réussissait à dissimuler son ennui. Si Vespasia ne l'avait pas si bien connu, elle aurait pu croire qu'il s'intéressait à la conversation.

À côté d'elle, Isobel, qui possédait un charme ténébreux sans être vraiment belle, avait l'esprit affûté.

— Magnifique animal, en effet, chuchota cette dernière. Lady Salchester elle-même n'a sans doute jamais eu la moindre chance non plus.

— Qu'est-ce que vous racontez ? s'enquit Vespasia, se doutant que cette remarque avait un sens caché.

— Fanny Oakley, répondit Isobel en s'approchant encore un peu plus d'elle. Vous ne l'avez pas vue à Ascot ? Que fabriquiez-vous donc ?

— Je regardais les chevaux, répliqua Vespasia d'un ton sec.

— Ne dites pas de bêtises ! s'esclaffa Isobel. Grands dieux ! Vous n'avez pas parié, j'espère ? De grosses sommes, j'entends...

Isobel craignit soudain qu'elle se soit endettée, mésaventure assez fréquente chez les jeunes femmes fortunées et désœuvrées dont le mari s'absentait la plupart du temps et qui disposaient d'une armée de domestiques pour s'occuper du foyer et des enfants.

L'espace d'un instant, Vespasia se demanda si Isobel avait subodoré l'ennui qui s'immisçait dans son mariage et avait l'intelligence de le comprendre. Tout le monde voulait posséder des amis — sans eux la vie n'offrait que des plaisirs futiles —, mais certaines parties du cœur devaient rester des sanctuaires. Il était des fardeaux qu'il fallait porter en secret. Isobel ne pouvait deviner ce qui s'était passé à Rome pendant les révoltes de 1848. Nul ne le pouvait. Il s'agissait d'un amour qu'on ne connaissait qu'une fois dans sa vie, qu'il fallait enterrer et ne revivre qu'en rêve. Mario Corena et elle ne se reverraient jamais. Le monde réel se trouvait là, à Applecross.

— Pas du tout, répondit Vespasia d'un ton léger. Pas besoin du piquant de l'argent pour rendre les courses amusantes.

— Vous voulez parler des chevaux ?

— Quoi d'autre ?

Isobel rit.

Lord Salchester salua Vespasia d'un air appréciateur. Lady Salchester lui adressa un sourire chaleureux mais un regard glacial.

— Bonsoir, Lady Vespasia, dit-elle d'une voix

pénétrante. Quel plaisir de vous voir ! Vous semblez vous être bien remise de cette saison éreintante.

C'était là une référence peu amène au rhume d'été qui avait diminué Vespasia à la régate d'Henley.

— Espérons que l'été prochain vous éprouvera moins, ajouta-t-elle.

De vingt ans son aînée, c'était une femme acariâtre qui n'avait jamais été belle.

Vespasia sentait sur elle le regard de Lord Salchester, et plus encore celui de Jones. Ce fut pour ménager ce dernier qu'elle tempéra sa réponse. Un bon mot n'était pas toujours drôle s'il visait un adversaire déjà blessé.

— Je l'espère. Quand l'un de nous ne peut suivre la cadence, tout le monde en fait les frais. Je m'attacherai à ne plus m'y laisser prendre, à l'avenir.

Isobel fut surprise. Lady Salchester, elle, en resta bouche bée.

Vespasia esquissa un sourire et se retira.

Gwendolen Kilmuir était en grande conversation avec Bertie Rosythe. La lumière se reflétait dans ses cheveux d'un brun profond et sur sa robe lilas. Elle avait sauté sur la première occasion pour se débarrasser de ses vêtements noirs. À vingt-huit ans seulement, elle se refusait à porter le deuil plus longtemps que ne l'exigeaient les conventions. Malgré son air sage, son affabilité trahissait ses intentions.

Vespasia trouva un air songeur à Isobel.

Bertie se tourna vers elles. Comme à son habitude, il fit preuve d'une grande courtoisie. Gwendolen, elle, eut plus de mal à se montrer enthousiaste. Elle affichait un sourire crispé.

— Bonsoir, Lady Vespasia, Mrs. Alvie. Je me réjouis à l'idée de dîner avec vous.

— C'est toujours un plaisir, murmura Isobel. Je crois vous avoir vue chez Lady Cranbourne, cet été, également. Et à la garden-party de la reine.

Elle la jaugea brièvement.

— Je me souviens de votre robe.

Gwendolen rougit. Bertie eut un sourire confus.

Vespasia s'aperçut soudain, à son grand étonnement, que l'intérêt d'Isobel pour Bertie n'était pas si détaché qu'elle l'avait cru, comme l'attestait la pique qu'elle venait de lancer. Une telle cruauté ne lui ressemblait guère.

— Vous vous souvenez de sa robe? demanda-t-elle en feignant la surprise. Comme c'est charmant!

Elle considéra d'un air dédaigneux la robe mordorée à amples jupons d'Isobel.

— Il est si rare qu'une robe soit digne d'intérêt, de nos jours, n'est-ce pas?

Isobel lui lança un regard noir.

Gwendolen, soulagée, s'esclaffa et se tourna de nouveau vers Bertie.

Lady Warburton se joignit à elles, et la conversation s'empêtra dans un bourbier de potins, de « il paraît que », « d'après elle » et « le croirez-vous, mais... ».

Quand on annonça le dîner, Omegus Jones offrit son bras à Vespasia, ce qu'en la présence de Lady Salchester elle considéra comme un honneur particulier, et les convives, respectueux de l'étiquette, pénétrèrent d'un air solennel dans la longue salle à manger bleu et or, chacun s'installant à la place qui lui était attribuée.

La lumière des chandeliers se reflétait sur l'argenterie étincelante et se divisait en prismes multicolores dans les verres en cristal disposés parmi les serviettes de lin pliées en forme de lis. Un grand feu de cheminée chauffait la pièce. Des chrysanthèmes blancs du jardin diffusaient un parfum de terre et de feuilles mortes, une douce fragrance de terres boisées.

Le repas commença par un consommé des plus légers. Neuf plats étaient prévus, mais personne n'était censé goûter à tous. Les dames en particulier, soucieuses de conserver la taille fine et la silhouette délicate qu'imposait la mode, choisiraient avec soin. Quand la survie physique s'avérait relativement aisée, on créait des règles pour compliquer la survie sociale. Ne pas être accepté, c'était devenir un paria.

La conversation s'orienta vers des sujets plus sérieux. Sir John Warburton évoqua la situation politique, exprimant son opinion avec gravité, ses frêles mains se détachant sur la nappe blanche.

— Allons-nous vraiment vers la guerre, selon vous ? s'enquit Peter Hanning, l'air perplexe.

— Avec la Russie ? répondit Sir John en haussant les sourcils. Ce n'est pas impossible.

— Balivernes ! intervint Lord Salchester d'un ton vif en brandissant son verre de vin. Personne n'osera nous déclarer la guerre ! Surtout pour une raison aussi absurde que la Crimée ! Ils se souviendront de Waterloo et nous laisseront tranquilles.

— Waterloo remonte à plus de trente-cinq ans, fit remarquer Omegus Jones. Ceux qui y ont combattu ont rangé l'épée il y a bien longtemps.

— L'armée britannique reste la même, monsieur ! rétorqua Salchester.

— Je le crains, en effet, répondit Omegus d'un ton posé, les lèvres pincées, le regard triste et lointain.

— Nous avions alors les meilleures troupes du monde, une armée invincible, répliqua Salchester en haussant le ton.

— Nous avons vaincu Napoléon, certes, le reprit Omegus, mais les temps changent. Le bien et le mal demeurent immuables, en revanche, tout comme l'orgueil et la compassion. La guerre, elle, évolue sans cesse — avec des armes, des idées et des stratégies nouvelles.

— Je ne souhaite pas vous contredire à votre table, monsieur. La courtoisie m'interdit de vous donner mon avis.

Omegus sourit avec une douceur et un naturel surprenants.

— Espérons qu'aucun événement ne viendra nous départager.

Domestiques en livrée et servantes vêtues de tabliers blancs garnis de dentelle vinrent débarrasser les assiettes à soupe et apportèrent le poisson. Le majordome servit le vin et la conversation reprit.

Vespasia, plutôt que d'écouter, se contentait d'observer. Les visages et les gestes lui en disaient plus long sur les émotions des uns et des autres que leurs propos. Elle vit que Gwendolen, les joues empourprées, portait souvent le regard vers Bertie, qu'elle riait volontiers à ses plaisanteries. Quant à lui, ravi de cette attention, il s'intéressait aussi beaucoup à elle, même s'il prenait garde de ne pas le montrer aussi ouvertement.

Vespasia ne fut pas la seule à s'en apercevoir. Elle remarqua la satisfaction de Blanche Twyford et se rappela ses propos, qu'à présent elle comprenait mieux : elle avait parlé des mariages qui auraient lieu au printemps, et Gwendolen avait rougi. Il fallait sans doute s'attendre à une annonce au cours de cette réunion mondaine.

Fenton Twyford, de son côté, semblait moins s'en réjouir. Ses regards furtifs lancés à Bertie laissaient deviner son malaise, comme si une ombre du passé lui voilait l'esprit, mais Vespasia ignorait de quoi il pouvait s'agir. Bertie n'était-il pas un si bon parti qu'il en avait l'air ? Ou bien était-ce Gwendolen qui ne se montrait pas à la hauteur ? À la connaissance de Vespasia, la jeune veuve venait d'une bonne famille, fortunée bien que sans distinction, et ne portait la tache d'aucun soupçon de scandale. Feu son mari, Roger Kilmuir, était lui aussi irréprochable et issu d'une famille de l'aristocratie. Si son frère aîné, bien plus âgé que lui, avait disparu sans laisser de descendant — ce qui paraissait probable —, c'est lui qui aurait hérité du titre et du patrimoine.

Hélas, il avait trouvé la mort dans un accident de cabriolet, ce qui arrivait même aux meilleurs cavaliers. Gwendolen en avait beaucoup souffert, aussi Vespasia se réjouissait-elle de la voir recouvrer une certaine joie de vivre.

On débarrassa les assiettes à bord doré, on apporta de nouveaux plats et on resservit du vin, jusqu'à ce qu'il ne reste plus que des monceaux de grappes de raisin frais de la serre et des rince-doigts en argent.

Les dames se retirèrent dans le petit salon et laissèrent les gentlemen boire le porto et, pour ceux qui le désiraient, fumer le cigare.

Vespasia suivit Isobel et Lady Salchester. Gwendolen, Lady Warburton et Blanche Twyford leur emboîtèrent le pas. Elles s'installèrent dans la pièce à rideaux de velours, arrangeant leurs jupons pour à la fois rester à leur avantage et ne pas gêner le passage.

C'était le moment de la soirée que Vespasia aimait le moins. La conversation tournait toujours autour de la famille, et, depuis Rome, elle peinait à se concentrer sur de tels sujets. Elle adorait ses enfants — elle leur portait un amour profond, au-delà des mots et des exigences de la société —, et sa vie était loin d'être déplaisante. Son mari, aimable et brillant, était fort respectable. Plus d'une femme lui aurait envié une telle situation. Comblée socialement et matériellement, elle ne manquait de rien. Seuls les besoins du cœur, la soif de sentiments enfouie au plus profond de son être, lui faisaient défaut.

Elle observa les visages autour d'elle et se demanda ce que cachaient ces masques avenants. Lady Salchester, malgré son énergie et son intelligence, était tout à fait quelconque, plus encore que sa servante ou sa cuisinière. Nombreux étaient ceux qui soupçonnaient Lord Salchester d'avoir l'esprit vagabond, au sens propre comme au figuré.

— Je sais ce que vous pensez, dit Isobel qui se pencha vers elle afin de pouvoir chuchoter.

Vespasia fut stupéfaite.

— Ah bon ?

Isobel sourit.

— Bien sûr ! Je pensais la même chose que vous. Et c'est tout à fait injuste. Si elle l'imitait avec ce séduisant domestique, par exemple, ce serait un scandale, et pour elle, finie la vie sociale. Elle ne serait plus invitée nulle part !

— Des tas de femmes mariées se lassent de leur mari, et lorsqu'elles ont eu le nombre adéquat d'enfants, elles ont des liaisons, fit remarquer Vespasia avec tristesse. Je ne crois pas les admirer, mais je sais en revanche que ça existe. Je pourrais vous en nommer des dizaines.

— Et moi donc ! acquiesça Isobel d'un air désinvolte. Nous devrions essayer pour voir si nous connaissons les mêmes.

Blanche Twyford discutait avec Gwendolen ; la première hochait la tête de temps à autre et la seconde souriait. Il était aisé de deviner le sujet de leur enthousiasme.

Vespasia lança un regard en coin à Isobel et vit de nouveau l'ombre qui lui voilait les yeux. Si Bertie demandait la main de Gwendolen dans les jours à venir, Isobel perdrait-elle plus qu'un éventuel soupirant ? Éprouvait-elle des sentiments pour lui, nourrissait-elle même quelque espoir ? Elle avait aimé son mari, Vespasia le savait, mais il était décédé trois ans plus tôt, et Isobel n'était guère plus âgée qu'elle. Une femme pouvait tomber amoureuse une nouvelle fois — d'ailleurs, à trente ans, le contraire aurait été une dure épreuve.

Devait-elle l'interroger ? Était-ce un moment où l'amitié sincère devait braver la gêne, la peur du rejet et de la rebuffade ? Ou bien devait-elle garder le silence, feindre l'ignorance et laisser les blessures profondes rester dans le domaine de l'intime ?

Lady Warburton coupa court à son hésitation en se joignant à elles ; la conversation s'orienta alors vers la mode, les dernières idées du prince Albert pour l'enrichissement de l'esprit, et bien sûr l'enthousiasme de la reine à leur sujet. Elle semblait approuver toutes ses théories.

Lorsque les hommes les rejoignirent, l'atmosphère changea de nouveau. Les dames devinrent plus timides, les dos se firent plus droits, les rires et les gestes plus empruntés. Les domestiques, qui termineraient de nettoyer quand leurs maîtres iraient se coucher, s'étaient retirés.

Tous étaient tournés vers Gwendolen et Bertie quand Isobel fit la remarque qui déclencha le drame. Gwendolen, assise au milieu d'un océan de jupons, la tête haute, son cou élancé paraissant pâle à la lumière des chandelles, était radieuse. Bertie se tenait à côté d'elle, l'air légèrement possessif.

— C'est charmant, dit Lady Warburton à voix basse, comme s'ils avaient déjà annoncé leur mariage.

Vespasia sentit Isobel se raidir. L'espace d'un instant, elle éprouva une grande tristesse à son égard. Quel qu'en soit le prix, la défaite a toujours un goût amer.

Tout le monde rit à une plaisanterie triviale de Peter Hanning. Gwendolen demanda qu'on lui donne le verre d'eau posé sur le bord de la table.

Bertie s'empressa de le poser sur le plateau qu'on avait laissé là et le lui présenta en esquissant une courbette.

— Madame, dit-il d'un ton humble. Pour vous servir.

Gwendolen tendit la main.

— Dieu du ciel, on dirait un laquais ! railla Isobel. J'ose espérer que vous avez d'autres ambitions. Elle ne risque pas d'accorder ses faveurs à un domestique ! En tout cas, pas dans l'idée de le garder !

Tout le monde se figea. C'était là une attaque terrible ; Vespasia grimaça.

— Ce qu'elle voudra, c'est un gentleman, poursuivit Isobel. Après tout, une Kilmuir ne dédaignerait pas un titre.

Elle se tourna vers Gwendolen.

— N'est-ce pas ?

Gwendolen était livide.

— Si j'aime un homme, répondit-elle d'une voix rauque, son rang m'importe peu.

Isobel haussa les sourcils.

— Vous accepteriez sa demande s'il était valet pour de bon ? Laissez-moi rire, ma chère !

Le regard absent, Gwendolen semblait en proie à des réminiscences indicibles. Elle se leva lentement.

— Gwendolen ! s'exclama Bertie pour la retenir.

Elle passa pourtant à côté de lui comme s'il était soudain devenu invisible. Elle alla à la porte d'un pas hésitant, mit quelques instants à saisir la poignée, puis gagna le salon.

— Vraiment, Mrs. Alvie, déclara Lady Warburton, je sais que vous vous croyez drôle, du moins de temps en temps, mais cette remarque n'a fait que dévoiler votre jalousie, et c'est fort inconvenant.

Elle se tourna vers Omegus Jones.

— Veuillez m'excuser, je vais m'assurer que cette pauvre Gwendolen va bien.

Elle sortit d'un pas vif.

La gêne s'installa. Vespasia décida de reprendre les choses en main avant que la situation devienne incontrôlable. Elle se tourna vers Isobel.

— À mon avis, vous ne pourrez pas vous rattraper avec élégance. Nous ferions mieux de nous retirer. Venez, il est tard, de toute façon.

Indécise, Isobel contempla les visages stupéfaits et embarrassés autour d'elle et comprit qu'elle ne pouvait qu'acquiescer.

Dans le salon, Vespasia la prit par le bras et la força à s'arrêter au bas de l'escalier.

— Qu'est-ce qui vous a pris, bon sang ? Demain, il

faudra demander pardon à Gwendolen et à tout le monde. Être amoureuse de Bertie n'est pas une excuse, et si vous vous étiez montrée plus discrète, vous vous en porteriez bien mieux !

Le visage livide malgré ses joues empourprées, Isobel lui lança un regard noir, mais elle était trop proche des larmes pour rétorquer. Elle se rendait compte à présent de sa sottise, que c'était elle et non Gwendolen qui avait paru vulnérable. Elle se libéra et monta les marches quatre à quatre.

Vespasia ne dormit pas bien. Isobel s'était certes mal conduite, mais le mariage, avec ou sans amour, était une affaire très sérieuse. Pour une femme, c'était la seule occupation respectable, et les luttes pour trouver un parti possédant le charme et les moyens financiers de Bertie Rosythe se révélaient impitoyables. Savoir qu'Isobel souffrait et venait d'aggraver sa situation la peinait. Cependant, Vespasia ne pouvait qu'imaginer ses sentiments. Son mariage à elle avait été très facile à arranger. Fille de comte, d'une beauté prodigieuse, elle aurait pu devenir duchesse mais avait préféré un homme intelligent qui nourrissait l'ambition d'accomplir un projet utile, l'aimait pour ce qu'elle était et lui laissait une grande liberté. C'était un bon compromis. Le genre d'amour dont elle rêvait, elle l'avait trouvé en songe, et à Rome, au cours d'un été passé sur les barricades à mener un combat inégal contre des forces en surnombre. On se livre à l'amour corps et âme, puis on se plie au devoir et à l'honneur, et l'on rentre chez soi retrouver d'autres réalités, abandonnant les moments forts et la douleur de la passion.

Quand elle se leva le lendemain matin, sa servante

l'aida à enfiler une robe en laine bleu-gris bien chaude pour lutter contre les frimas de décembre et un vent cinglant qui gémissait sous les avant-toits et cherchait à s'infiltrer par tous les interstices des fenêtres. Elle descendit au rez-de-chaussée retrouver les autres invités et les difficultés que la nuit n'avait pas résolues.

Dans le salon, elle croisa Omegus Jones. Vêtu d'une veste d'extérieur, il portait des bottes crottées de boue. Les cheveux hirsutes, il était si blême qu'on l'aurait cru de cire.

— Vespasia...

— Que se passe-t-il ? Vous avez l'air souffrant ! Puis-je vous aider ?

Elle lui toucha légèrement la main, qui était glaciale — et mouillée. La peur la gagna soudain. Omegus, d'habitude, paraissait toujours maître de lui et des événements.

— Que se passe-t-il ? répéta-t-elle d'un ton plus pressant.

Il ne tergiversa pas. Il lui prit les mains avec une grande douceur.

— Nous avons retrouvé le corps de Gwendolen dans l'étang.

D'un geste vague, il indiqua l'étendue d'eau bordée de cèdres et de plantes herbacées.

— Nous l'en avons ressortie, mais nous ne pouvons plus rien pour elle. Il semblerait que sa mort soit survenue dans le courant de la nuit.

Vespasia était stupéfaite. C'était impossible.

— Comment a-t-elle pu tomber ? demanda-t-elle, repoussant cette idée de toutes ses forces. Les berges sont peu profondes. Il y pousse des plantes, des roseaux ! On ne peut que s'enliser dans la vase ! Et puis pourquoi diable serait-elle allée se promener au bord de l'eau en pleine nuit? Quelle idée!

Omegus paraissait très grave, insensible à ses arguments, gagné par la seule pitié.

— Je suis navré, ma chère, répondit-il, le regard vague. Elle est tombée du petit pont, là où c'est profond. La conclusion qui s'impose, c'est qu'elle a sauté de son plein gré. La rambarde est assez haute pour empêcher une chute accidentelle, même dans l'obscurité. C'est moi qui l'ai conçue ainsi.

— Quel malheur!

La première pensée de Vespasia fut pour lui — elle songea à l'affliction dans laquelle cet événement allait le plonger, à l'ombre qu'il allait jeter sur Applecross. Ce domaine possédait une beauté bien supérieure à celle des autres grandes propriétés : art et nature s'y combinaient pour créer un paysage idéal composé de fleurs, d'arbres, d'eau, avec un panorama de collines et de champs. On parvenait à la demeure côté sud-ouest par une allée d'immenses ormes, et l'après-midi le soleil illuminait sa façade classique de style georgien. Limitée par une balustrade, la cour de gravier donnait sur une série de marches basses qui passaient entre les talus jusqu'à la vaste pelouse, au-delà de laquelle se trouvait le plan d'eau. C'était un lieu paisible, où l'amour pour cette terre s'était infiltré pendant des générations, y laissant un reste de chaleur que l'on percevait malgré l'austérité de l'hiver.

— Je crains que cet endroit ne devienne fort déplaisant, déclara-t-il d'un ton triste. On y aura peur, car la mort subite d'une jeune personne rappelle cruellement la fragilité de la vie. Elle semblait sur le point de connaître à nouveau le bonheur, et cette chance lui a été arrachée. Seuls les plus hardis d'entre nous, et les moins imaginatifs, ne craignent jamais, au petit matin, de connaître le même sort. Nul ne comprendra pourquoi c'est arrivé. On cherchera quelqu'un sur qui rejeter la faute, car la colère est plus supportable que la peur.

— C'est insensé ! s'exclama-t-elle, la gorge nouée. Pourquoi diable aurait-elle fait une chose pareille ? Isobel s'est montrée méchante, mais si quelqu'un devait se sentir honteux, c'était bien elle ! Elle a dévoilé sa propre vulnérabilité devant ceux qui ne lui témoigneront aucune compassion ni pitié.

— Vous et moi le savons, ma chère Vespasia, mais pas eux, dit-il d'une voix faible. Ils ne verront qu'une femme qui s'attendait à recevoir une demande en mariage mais qu'on a publiquement insultée en insinuant qu'elle était plus motivée par son ascension sociale que par l'amour.

Il grimaça d'un air ironique.

— Belle preuve d'hypocrisie, j'en conviens. Nous avons façonné une société où les femmes n'ont d'autre choix que de faire un beau mariage pour réussir, car nous leur avons rendu impossible de subvenir à leurs besoins ou de connaître le succès seules, quand bien même elles le souhaiteraient. Pourtant, il nous arrive d'émettre des critiques au vitriol contre une situation que nous avons largement contribué à créer.

— Êtes-vous... êtes-vous en train de dire que la remarque d'Isobel a poussé Gwendolen au suicide ?

La voix de Vespasia se cassa comme si elle avait la gorge desséchée.

— Il semblerait, oui. À moins que Bertie et elle n'aient eu une altercation après qu'elle a quitté le petit salon, une dispute qui à ses yeux ne pouvait être réparée.

Vespasia ne sut quoi dire. Tout cela était atroce.

— Vous m'avez proposé votre aide, lui rappela Omegus. Il est possible que je vous la demande.

— Comment ?

— Je n'ai pas encore d'idée précise. C'est peut-être pour cette raison que j'ai besoin de vous.

— Je préviendrai Isobel, annonça-t-elle, se demandant comment elle pourrait rendre cette nouvelle supportable.

La journée à venir se présentait comme un abysse de chagrin et d'angoisse.

— Merci, dit-il. Les domestiques demanderont à tout le monde d'être présent au petit déjeuner, au cours duquel j'annoncerai la nouvelle.

Elle hocha la tête, puis monta à l'étage et gagna la chambre d'Isobel. Elle frappa et attendit qu'on l'invite à entrer.

Isobel était encore au lit, ses cheveux bruns étalés sur l'oreiller, les yeux cernés comme si elle aussi avait mal dormi. Regardant Vespasia d'un air surpris, elle se redressa lentement.

Vespasia s'assit sans hésiter sur le lit ; Isobel n'eut pas le temps de protester.

— Je viens de croiser Omegus, commença-t-elle. Ils ont retrouvé le corps de Gwendolen dans l'étang. Au vu des circonstances, la seule hypothèse possible, c'est que peu après la malheureuse conversation d'hier soir elle soit sortie et, sur un coup de folie, ait sauté du pont. C'est très grave, j'en ai bien peur.

Isobel se redressa et, bien que la chambre ne fût pas froide, tira le drap sur elle.

— Est-ce qu'elle est... ?

— Bien sûr. On est en plein mois de décembre ! Si elle ne s'était pas noyée, c'est le froid qui l'aurait tuée.

— Elle a plutôt dû tomber ! protesta Isobel. Pourquoi aurait-elle sauté, voyons ! C'est ridicule ! Je ne peux pas le croire !

— La balustrade du pont est trop haute pour qu'on puisse en tomber par accident. De toute façon, pourquoi serait-elle allée se pencher à la rambarde en pleine nuit ? Et toute seule, qui plus est !

Le visage d'Isobel s'était vidé du peu de couleurs qui lui restait et avait pris un teint crayeux. Agrippée au drap, elle se mit à trembler.

— Vous insinuez que c'est ma remarque idiote qui l'y a poussée ? Je n'ai fait que l'insulter ! Elle n'aurait pas été la première qu'on eût soupçonnée d'être vénale ou prête à tout pour arriver. C'est absurde ! répliqua-t-elle d'une voix presque stridente.

— Occulter les faits ne sert à rien, Isobel, rétorqua Vespasia, s'efforçant de se montrer sensée. Il va falloir que vous descendiez à un moment ou à un autre et affrontiez tout le monde, quoi qu'ils pensent. Plus vous retarderez l'échéance, plus cela passera pour un aveu de culpabilité.

— Je n'ai rien à me reprocher ! s'indigna Isobel. J'ai tenu des propos désobligeants, et je comptais m'excuser auprès d'elle aujourd'hui. Mais si elle a sauté du petit pont, je n'y suis pour rien, et je ne laisserai personne m'accuser !

Elle repoussa le drap et se leva, un peu vacillante. Elle resta dos à Vespasia, comme si elle lui en voulait. Vespasia remarqua cependant que son *peignoir** glissait de ses doigts raides et qu'elle dut s'y reprendre à trois fois pour le ramasser.

* En français dans le texte.

L'ambiance au petit déjeuner fut épouvantable. Quand Vespasia et Isobel descendirent, tout le monde était déjà rassemblé autour de la table et la nourriture était disposée sur le buffet dans des poêlons en argent : haddock, pilaf de poisson, œufs, saucisses, rognons à la moutarde, bacon et, bien sûr, pain grillé en abondance, beurre, confiture et thé. Certains s'étaient servis avant qu'Omegus Jones leur annonce la nouvelle, mais à présent ils avaient tous perdu l'appétit.

À son arrivée, Isobel fut accueillie par un mur de silence, et on évita de la regarder.

Vespasia remarqua l'air navré d'Omegus et la mise en garde implicite qui perçait dans son regard.

Isobel marqua un temps d'hésitation. Personne n'était vêtu de noir, car, n'ayant évidemment pas prévu ce malheur, nul n'en avait apporté. Seule à avoir été prévenue avant de s'habiller, elle portait une robe d'un vert foncé discret.

Lady Warburton, la figure fermée par le dégoût, fut la première à lui parler. D'un air glacial, elle étudia d'abord longuement sa tenue puis, après un bon moment seulement, son visage.

— Vous avez appris cette tragédie avant de vous vêtir, à ce que je vois, commenta-t-elle. Vous saviez d'ailleurs peut-être depuis hier soir, en fait ?

— Ma chère Evelyn, ne laissez pas le chagrin vous... commença Sir John avant de battre en retraite quand sa femme le foudroya du regard.

— De toute évidence, elle était au courant de la mort de Gwendolen ! dit-elle d'une voix grave et grinçante. Pourquoi porterait-elle le deuil dès le petit déjeuner, sinon ?

— Quelle hypocrite ! bougonna Blanche Twyford.

Nul ne douta qu'elle parlait d'Isobel et non de Lady Warburton.

Faisant mine de n'avoir rien entendu, Isobel prit une tranche de pain qu'elle fut incapable d'avaler. Elle la tritura pour se donner une contenance et sans doute cacher que ses mains tremblaient.

Bertie avait l'air hagard et accablé.

Vespasia se demanda s'il avait rejoint Gwendolen la veille au soir. Sans doute. Ou bien n'en avait-il rien fait ? S'il l'avait retrouvée pour lui déclarer ses sentiments et la demander en mariage, comme tous s'y attendaient, rien n'aurait pu entamer son bonheur. Était-ce ce qu'il pensait à présent, pour avoir le regard aussi fuyant ? Et Lady Warburton ? Avait-elle vraiment suivi Gwendolen, ou bien n'avait-elle lancé que des paroles en l'air pour échapper au malaise général ?

— C'est d'une horreur sans nom ! explosa Lady Salchester. Nous ne pouvons rester les bras croisés sans savoir ce qui s'est passé ou quoi se dire !

— Nous savons très bien ce qui s'est passé, répliqua Blanche Twyford avec colère. Mrs. Alvie a tenu hier soir des propos impardonnables, et cette pauvre Mrs. Kilmuir en a été si ébranlée qu'elle a mis fin à ses jours. C'est clair comme de l'eau de roche.

— Tout de même, vu les circonstances, votre comparaison n'est pas des plus heureuses, répliqua Lord Salchester pour venir en aide à sa femme.

Vespasia réprima un rire nerveux.

Blanche lança un regard assassin à Lord Salchester, qui ouvrit de grands yeux.

— Pourquoi une jeune femme en pleine santé et sur le point de se marier se jetterait-elle dans un étang à cause d'une simple insulte ? Je ne comprends pas, commenta-t-il, l'air déconcerté. Ah, les femmes !

À sa place, un homme se serait contenté de répliquer, et ils se seraient quittés réconciliés.

— Taisez-vous donc, Ernest ! le rabroua Lady Salchester. Vous racontez n'importe quoi !

— Ah bon ? N'allait-elle pas convoler ? C'est ce que tout le monde disait.

Livide, Bertie se leva et sortit.

— Dieu du ciel ! Il ne va pas lui aussi se jeter dans le lac ? s'écria Salchester, dont la serviette tomba par terre.

Isobel quitta la table à son tour mais, malgré la pluie et le grand froid, elle passa par la porte menant au jardin.

— Ça, c'est la culpabilité ! commenta Lady Warburton.

— Je vous trouve un peu dure, protesta Sir John. Elle était...

— Bertie aussi ! le coupa sa femme, qui parvint à le réduire au silence.

Omegus se leva.

— Lady Vespasia, pourrais-je vous parler en privé, dans la bibliothèque ?

— Bien sûr, répondit-elle, heureuse de pouvoir échapper à ce pénible repas.

Elle repoussa sa chaise avant que le domestique ait eu le temps de s'en charger.

— Vous n'allez pas en rester là ! reprocha Lady Warburton à son hôte. Vous ne pouvez laisser les choses en l'état. Je ne le permettrai pas !

Omegus lui lança un regard glacial.

— Je veux réfléchir avant d'agir. Une erreur, même commise avec la meilleure des intentions, pourrait causer des dégâts impossibles à réparer. Je vous prie de m'excuser.

Laissant Lady Warburton déconcertée, il quitta la pièce, suivi de près par Vespasia.

Dans la bibliothèque décorée de bronzes délicats, il ferma la porte et se tourna vers elle.

— Evelyn Warburton a raison, déclara-t-il d'un ton maussade.

Une extrême tristesse se dégageait de son regard, et les rides autour de sa bouche étaient creusées.

— Isobel s'est comportée de façon idiote, reconnut Vespasia. Et méchante. Ce sont deux fautes graves, mais en aucun cas un crime, sinon la société tout entière se retrouverait en prison. Que Gwendolen se soit donné la mort est un grand malheur, mais c'est sans doute parce qu'elle a cru que Bertie ne voulait plus l'épouser. Ça ne peut pas être à cause du comportement d'Isobel, si malheureux fût-il.

Il la dévisagea avec patience.

— La société ne jugera pas forcément les faits, mais la façon dont ils sont perçus. Que ce soit juste ou non ne sera que très peu pris en considération. Si nous laissons cette perception s'installer, quand on relatera de nouveau les événements, le phénomène ira en empirant. Les propos d'Isobel vont se perdre dans le tourbillon des exagérations, au point qu'on finira par oublier la vérité. Les récits se distordent chaque fois qu'on les raconte, sachez-le, ma chère, dit-il avec un léger ton de réprimande.

Évidemment, elle le savait et sentit le rouge lui monter aux joues.

— Que pouvons-nous faire ? s'enquit-elle, impuissante. Quelle est la vérité, à votre avis ? Comment le savoir ? Gwendolen n'est plus là pour nous la dire, et si Bertie s'est querellé avec elle, croyez-vous qu'il l'avouera ? Lady Warburton l'a-t-elle rejointe ?

— Apparemment non. Savez-vous comment se passaient les procès, au Moyen Âge, quand quelqu'un était accusé d'un crime ? demanda-t-il.

Vespasia fut stupéfaite. Elle avait dû mal entendre.

— Je vous demande pardon ?

Quelque part dans le jardin, un chien aboyait, et on entendit les pas rapides d'un domestique qui traversait le salon. Un sourire effleura les lèvres d'Omegus.

— Je ne parle pas des duels judiciaires, ni de la torture. Je songeais à une sorte de procès au cours duquel nous chercherions de notre mieux à découvrir la vérité, et si Isobel ou Bertie étaient en effet coupables de quoi que ce soit, nous conviendrions alors d'une peine expiatoire, après quoi nous déclarerions l'affaire close.

L'espérance envahit Vespasia. Elle tâcha d'y croire de toutes ses forces.

— Y parviendrons-nous ? Réussirons-nous à nous mettre d'accord ? Pourrons-nous découvrir la vérité ? Et si le coupable refuse la sentence ? Quelle pourrait-elle être, d'ailleurs ? demanda-t-elle. Et s'il se contente de nous tourner le dos ? Nous n'avons aucun pouvoir. Pourquoi nous croirait-il capables de garder le silence par la suite, et plus encore de lui pardonner ?

Il alla à la fenêtre, qui donnait sur le parc, ses reliefs herbeux et ses grands arbres dénudés. La pluie éclaboussait les vitres.

— J'y ai réfléchi, déclara-t-il, presque à part soi. L'idée m'a toujours séduit, cette foi en l'expiation et en l'absolution, en un nouveau départ. C'est sans doute notre seul espoir. Il nous faut à la fois pardonner et être pardonné.

Dans la lumière crue, Vespasia décela en lui plus

de souffrance que jamais, ainsi qu'une plus grande compréhension de la paix de l'esprit. À cet instant, elle souhaitait par-dessus tout se montrer à la hauteur de sa confiance, lui donner raison de s'être adressé à elle.

— Pourquoi le coupable accepterait-il cette solution ? s'enquit-elle, nerveuse. Nous n'avons d'autre pouvoir que celui de la persuasion.

Il sourit et se tourna vers elle.

— Au contraire ! Le pouvoir de la bonne société est quasi sans limites, ma chère. S'en voir exclu équivaut presque à la mort. Si l'on répand assez de venin contre vous, les invitations se tarissent, les portes se ferment, vous devenez invisible. On vous croise sans vous accorder un regard, et vous vous apercevez que, pour tout ce qui compte, vous n'existez plus. Les jeunes femmes ne peuvent plus espérer se marier, les hommes n'ont plus de perspective de carrière, plus de position sociale, tous les clubs leur sont clos.

C'était la vérité. Vespasia avait déjà été témoin de ces pratiques. Pour ceux qui en étaient victimes, il s'agissait du sort le plus cruel, car ils étaient incapables de subsister autrement. Ils ignoraient comment gagner leur vie comme un citoyen ordinaire. De toute façon, les métiers du peuple leur étaient interdits. Aucune femme bien née ne pourrait jamais devenir domestique ou blanchisseuse. En eût-elle la capacité, le tempérament et l'énergie, nul ne l'accepterait, ni un employeur appartenant à sa classe sociale, ni les autres employés, pour qui elle ne serait jamais du même monde. Qui plus est, elle ne serait pas qualifiée pour les autres métiers réservés aux femmes.

Vespasia, consciente de la menace qui pesait sur Isobel, eut soudain froid et mal au cœur.

— En quoi cette solution va-t-elle nous aider? demanda-t-elle d'une voix rauque.

Il lui lança un regard plein d'enthousiasme.

— Si j'explique à tout le monde ce que j'ai en tête et qu'ils sont d'accord, nous serons alors tous tenus par cet engagement. La punition pour ceux qui manqueraient à leur parole serait un ostracisme total. Celui qui refusera de respecter ce pacte se mettra à l'écart du groupe. Nul n'en aura envie.

Les lèvres pincées, il secoua la tête.

— Je sais bien qu'il s'agit de coercition. Si l'on n'y avait pas recours, peu accepteraient le jugement de leurs pairs. Ce choix nous offrira un moyen de prévenir la souffrance et peut-être l'injustice qui pourraient découler d'une autre forme de procès.

Sa voix se fit plus douce.

— Et tout aussi important, il donnera à Isobel ou à Bertie, si c'est lui qui est en faute, une chance d'expier leur acte cruel.

— De quelle manière?

— Gwendolen a laissé une lettre d'adieu, expliqua-t-il. Elle est cachetée et le restera. Elle est destinée à sa mère, Mrs. Naylor, qui vit près d'Inverness, tout au nord de l'Écosse. Nous pourrions l'envoyer, mais ce serait là une façon violente d'apprendre à une mère la mort de son enfant.

Vespasia était horrifiée.

— Vous voulez dire qu'il leur faudra porter cette lettre à cette malheureuse femme? C'est...

Elle peinait à trouver ses mots.

— Isobel s'y refusera! Et Bertie Rosythe aussi. Ni l'un ni l'autre n'en auront le courage. Sans parler du voyage jusqu'en Écosse.

Omegus haussa les sourcils.

— Croyez-vous au pardon sans douleur, sans un pèlerinage éprouvant pour l'esprit, le corps et le cœur ?

— Je ne crois pas que cela fonctionnera.

— M'aiderez-vous au moins à essayer ?

Elle considéra Omegus, son buste droit, son élégance singulière, ses rides creusées par la lumière matinale, et ne put le lui refuser.

— Bien sûr.

— Quoi ? s'exclama un Lord Salchester stupéfait, lors du déjeuner.

Alors qu'ils venaient de terminer le hors-d'œuvre, Omegus avait demandé leur attention et commencé à expliquer son plan.

— Grotesque ! renchérit Lady Warburton. Nous savons tous ce qui s'est passé. Seigneur, nous l'avons vu de nos yeux !

— Nous l'avons entendu, plutôt, rectifia Sir John. À mon sens, ce n'est pas du tout une mauvaise idée.

Lady Warburton pivota vivement sur sa chaise et le fixa d'un air glacial.

— C'est ridicule. Si nous concluons à la culpabilité de Mrs. Alvie, et ce sera le cas, quelle différence cela fera-t-il ?

— La question ne s'arrête pas là, la coupa Omegus.

Vespasia le vit lutter pour dissimuler son antipathie.

— À l'époque médiévale, tous les crimes n'étaient pas punis par l'exécution ou la prison, reprit-il. On autorisait parfois les coupables à accomplir un pèlerinage expiatoire. S'ils en revenaient, ce qui en ces temps très dangereux n'arrivait pas très souvent, on considérait leur péché comme lavé. On était tenu de leur pardonner et d'accepter leur retour comme si rien ne s'était passé. On n'en reparlait plus jamais, et ils jouissaient d'autant d'amour et de confiance qu'avant.

— Un pèlerinage ? s'étonna Peter Hanning, goguenard. Où ça, bon sang ? Walsingham ? Canterbury ? Jérusalem, peut-être ? En tout cas, voyager est plutôt plaisant, de nos jours, si on en a les moyens. Je ne suis pas très porté sur la religion. Je me fiche que Mrs. Alvie, ou qui que ce soit, entreprenne un tel périple.

— Vous n'y êtes pas, Peter, rétorqua Omegus. C'est moi qui choisirai la destination, et croyez-moi, le voyage aura beau ne pas être très coûteux, il n'aura rien d'agréable. En tout cas, il se révélera d'une difficulté extrême pour quiconque porte une part de culpabilité dans la mort de Gwendolen Kilmuir. Et si nous prétendons à la justice, nous devrons garder toute notre objectivité.

— Je suis d'accord, répondit Sir John.

— Moi aussi, ajouta Vespasia. Je suis partisane du jugement comme du pardon.

— Et si je m'y oppose ? demanda Lady Warburton d'un ton acéré en dévisageant Vespasia d'un air méprisant.

— Dans ce cas, nous serons forcés de nous interroger sur vos motivations, répliqua cette dernière avec un sourire.

— Je suis d'accord, moi aussi, déclara Blanche Twyford. En dehors de ces murs, nul ne devra alors évoquer cette affaire. Une telle mesure empêchera tout commérage chez ceux qui n'étaient pas présents, et toute tentative de diffamation visant l'un ou l'une d'entre nous, laissant chacun libre de spéculer comme il l'entend. Si nous sommes tous liés par cet engagement et que la sentence est décidée ici, alors ce problème ne concerne que nous. Vous approuvez sans doute, n'est-ce pas ?

— Formulé ainsi... céda Lady Warburton à contrecœur.

Lord Salchester donna son accord à son tour.

Omegus dévisagea Bertie d'un air interrogateur.

— Qui sera juge de cette affaire ? s'enquit Bertie, méfiant.

Son élégance, sa cravate et son costume raffinés semblaient déplacés.

— Ce sera Omegus, lui répondit Vespasia avant qu'un autre ait pu prendre la parole. Puisqu'il n'est pas impliqué, nous pourrons lui accorder notre confiance.

— Vous croyez ? Nous sommes ici chez lui. Il est au contraire fort impliqué.

Vespasia peinait de plus en plus à garder son calme.

— Il n'a rien à se reprocher dans la mort de Gwendolen. Préférez-vous qu'un autre s'en charge ?

— Je trouve tout cela absurde et fantaisiste.

— Je ne suis pas d'accord, intervint Lord Salchester d'une voix tranchante, avec une fermeté soudaine. À mon sens, c'est une excellente idée. Je suis très heureux d'être tenu par cet engagement, et ma femme aussi, déclara-t-il sans même consulter cette dernière. Cette solution nous sera bénéfique à tous, nous permettra de traiter le problème sur-le-champ et de servir la justice.

Il regarda les autres d'un œil torve.

— Qui s'y oppose ? À part ceux qui se sentent

coupables ou ceux qui n'ont pas la clairvoyance d'en saisir les avantages indéniables.

Omegus eut un sourire morne, mais il ne fit pas remarquer à Salchester le côté tendancieux de sa remarque. Ils acceptèrent l'un après l'autre, à l'exception d'Isobel.

Vespasia la regarda droit dans les yeux.

— Tout autre choix ne pourra être que pire, je crois, dit-elle d'un ton doux. Donnons tous notre parole, sous peine de nous voir ostracisés si nous y manquons, jurons de garder un silence absolu sur l'affaire après que le jugement aura été rendu, pourvu que le pèlerinage ait été accompli. Alors le coupable, s'il y en a un, repartira de zéro, et nous oublierons sa faute.

Un par un, malgré une certaine réticence, ils prêtèrent serment.

— Merci, déclara Omegus avec gravité. Bon, si vous voulez bien m'excuser, je dois me charger de dispositions pour Gwendolen. J'aimerais que tout se passe... de la façon la plus délicate possible.

Ils se réunirent dans le petit salon, dont les fenêtres donnaient sur le jardin à la française qui descendait vers les eaux de l'étang ridées par le vent. C'était la seule pièce leur permettant d'être assis plus ou moins en cercle, et l'on renvoya les domestiques. Nul ne devait les interrompre.

Omegus exigea le silence, puis demanda à chacun de raconter ce qu'il savait des faits et gestes de Gwendolen Kilmuir depuis son arrivée à Applecross trois jours plus tôt, de ses sentiments et des propos qu'elle avait pu tenir concernant ses espérances.

Tout d'abord hésitants, ne sachant jusqu'à quel

point se fier aux autres, ils commencèrent, puis au fur et à mesure les souvenirs réveillèrent leurs émotions.

— Elle était pleine d'espoir, déclara Blanche, les larmes aux yeux. Elle voyait sa période de deuil toucher à sa fin.

Elle regarda Isobel avec une profonde antipathie.

— La mort de son mari lui a été très pénible.

— À tel point qu'elle comptait se remarier moins d'un an et demi après, fit remarquer Peter Hanning, qui se cala dans son fauteuil, la cravate un peu de travers, un petit rictus ironique aux lèvres.

— Ils avaient traversé un passage difficile, expliqua Blanche avec humeur. Ce n'était pas un homme facile à vivre.

— C'est elle qui n'était pas facile à vivre, intervint Fenton Twyford. Elle a mis longtemps avant d'accepter ses responsabilités. Kilmuir s'est montré très patient avec elle, mais à force il a fini par supporter la situation avec moins d'élégance.

— Avec beaucoup moins d'élégance, convint Blanche. En tout cas, il essayait de s'amender. Leurs relations étaient en train de se réchauffer quand il a été tué.

— Tué ? répéta Sir John d'un ton brusque.

— Dans un accident de cabriolet, expliqua Blanche. Quand elle a appris sa mort, cette pauvre Gwendolen en a été abattue. C'est pour ça qu'avoir une deuxième chance de connaître le bonheur était formidable pour elle.

Elle lança un regard lourd de sens à Bertie, qui rougit d'un air malheureux.

Le récit progressa, chacun apportant sa pièce à l'édifice, jusqu'à ce qu'on aborde la demande en mariage qui paraissait imminente. Plus d'un avait remarqué le mécontentement d'Isobel à ce sujet malgré ses efforts pour le cacher. Maintenant que chacun formulait ses pensées, elle se sentait humiliée au plus profond d'elle-même mais n'osa pas s'enfuir. Ç'aurait été synonyme d'aveu, et elle avait la ferme intention de ne pas céder.

Pourtant, la vague poursuivit son avancée implacable : elle emporta même Vespasia, qui se retrouva au pied du mur et dut prendre la parole soit pour soit contre Isobel. Elle fut forcée de saisir plus clairement l'intensité des sentiments de part et d'autre. Derrière les mots d'esprit et une amitié de surface s'était caché un combat pour une victoire qui aurait redonné à l'heureuse élue toute sa place dans la bonne société, lui aurait assuré confort et reconnaissance. L'autre aurait rejoint les rangs des femmes seules, toujours un peu isolées et perdues, qui attendent avec espoir la prochaine invitation sans jamais être certaines qu'elle arrivera, et qui, redoutant de ne pouvoir régler la prochaine facture, se voient obligées de déployer des trésors d'ingéniosité.

Sans savoir pourquoi, Vespasia prit la défense d'Isobel. Ceux qui ne demandaient qu'à l'accabler étaient bien assez nombreux, et de toute façon elle ne pouvait plus rien pour Gwendolen.

— Nous employons les atouts dont nous disposons, déclara-t-elle, en s'adressant plus à Omegus qu'aux autres. Gwendolen était jolie et séduisante. Elle flattait les gens de son entourage en les laissant l'aider et en se montrant reconnaissante. Isobel, elle, est bien trop orgueilleuse et trop honnête pour cela. Son arme, c'est l'esprit, et parfois ses remarques se révèlent cruelles. D'après moi, quand Gwendolen se trouvait à la place de la victime, elle aimait se prétendre plus blessée qu'elle ne l'était en réalité. Elle avait besoin d'attirer la compassion et y parvenait. Isobel a eu le tort de ne pas s'en apercevoir.

— Si Gwendolen ne souffrait pas autant qu'elle le laissait croire, pourquoi s'est-elle suicidée ? Voilà qui me semble un appel à la compassion un peu trop définitif pour être utile ! déclara Blanche d'un ton sarcastique, un rictus de mépris aux lèvres.

Vespasia se tourna vers Bertie.

— Quand Gwendolen est partie après la remarque d'Isobel, hier soir, l'avez-vous rejointe pour voir si elle allait bien ? Lui avez-vous assuré que vous ne croyiez pas un instant les accusations dont elle venait de faire l'objet ?

Bertie s'empourpra.

Tout le monde attendait sa réponse.

— Alors ? fit Omegus d'une voix limpide.

Bertie releva les yeux.

— Non. Je l'avoue, Isobel s'est exprimée avec tant de... certitude, que je me suis vraiment posé des questions. Que Dieu me pardonne, j'ai douté d'elle.

Il remua sur son siège.

— J'ai repensé à des propos qu'elle avait tenus, à ce qui se racontait et à des mises en garde qu'on m'avait adressées.

Il tenta de rire.

— Bien sûr, je me rends compte à présent qu'elles n'étaient motivées que par la méchanceté et la jalousie. Pourtant, hier soir, j'ai hésité. Si ça n'avait pas été le cas, Gwendolen serait encore en vie, et moi je ne me retrouverais pas seul, à la pleurer.

Il foudroya Isobel d'un regard lourd de reproches et d'une intensité venimeuse.

Vespasia n'en revenait pas. C'était la dernière réaction qu'elle avait eu l'intention de provoquer. Loin d'aider Isobel, elle avait scellé son sort.

Omegus paraissait abattu lui aussi, mais il était prisonnier des règles qu'il avait lui-même imposées.

Le verdict ne fut qu'une formalité. À une majorité écrasante, on déclara Isobel coupable d'avoir fait preuve d'une cruauté débridée dans le but de discréditer Gwendolen à tort aux yeux de l'homme qu'elle aimait. On éprouvait pour Bertie de la commisération, mêlée néanmoins d'un certain mépris.

— Quel est ce pèlerinage que devra accomplir Mrs. Alvie ? s'enquit Fenton Twyford d'un ton acerbe. Je dois avouer que je suis d'accord avec Peter. Peu m'importe où elle ira, tant que ce n'est pas sur mon chemin. Je ne supporte pas les langues de vipère. Son acte est impardonnable.

— Rares sont les fautes impardonnables, répondit Omegus avec une autorité soudaine, le visage à la fois sombre et empreint d'une grande compassion. Vous avez juré devant nous tous que, si elle réalisait ce voyage, vous effaceriez cette affaire de votre mémoire — sans quoi vous manquerez à votre parole, ce qui sera aussi impardonnable. Tout homme qui ne respecte pas un serment n'est pas digne d'appartenir à une société civilisée.

Twyford blêmit. Il lança des regards nerveux autour de lui. Personne ne lui sourit.

Lord Salchester acquiesça d'un signe de tête.

— Tout à fait, dit-il. Tout à fait.

— Alors, sommes-nous d'accord ? demanda Omegus.

— Oui, répondit-on à l'unisson, à l'exception d'Isobel.

Omegus se tourna vers elle et attendit.

— Quel sera ce voyage ? s'enquit-elle d'une voix rauque.

Omegus le lui expliqua.

— Gwendolen a laissé une lettre destinée à sa mère, Mrs. Naylor. Je ne l'ai pas ouverte. À l'évidence, elle est personnelle. Vous la lui apporterez, lui expliquerez que Gwendolen a mis fin à ses jours et quel rôle vous avez joué. Si Mrs. Naylor souhaite se rendre à Londres ou à Applecross, vous l'accompagnerez, à moins qu'elle refuse. Mais vous ferez votre possible pour y parvenir. Elle vit près d'Inverness, dans les Highlands. Son adresse figure sur l'enveloppe.

Un silence absolu pesait sur la pièce. On n'entendait plus que le bruit assourdissant de l'averse qui battait les vitres.

— Je refuse ! déclara Isobel dans un accès d'indignation. Le nord de l'Écosse ! À cette période de l'année ? Et puis... se présenter devant... non, jamais de la vie !

Tremblante, le visage d'un rouge fiévreux, elle repoussa son fauteuil.

— Je ne le ferai pas.

Après un moment passé à les fixer du regard, elle quitta la pièce, ouvrant la porte si brusquement que celle-ci heurta le mur et se referma en claquant.

Vespasia voulut se lever à son tour mais, se rendant compte de la futilité de la manœuvre, se rassit aussitôt.

— Je savais qu'elle refuserait, déclara Lady Warburton, un sourire satisfait aux lèvres.

Vespasia la vit un instant comme un crocodile qui craint de voir sa proie lui échapper puis sent finalement ses crocs s'enfoncer dans la chair.

— Vous devez être ravie, dit-elle. J'imagine qu'il aurait été quasi impossible de connaître des détails désobligeants sur quelqu'un et de ne pas les répéter.

Soudain livide, les yeux brillants de haine, Lady Warburton la regarda d'un air glacial.

— À votre place, Lady Vespasia, je choisirais mes amies avec plus de prudence. Le titre de votre père ne vous protégera pas toute votre vie. Si vous exagérez, même vous devrez payer les pots cassés.

— Vous me suggérez d'abandonner mes amis au moment où ils deviennent gênants pour moi ? C'est drôle, ça ne me surprend pas.

Cette fois-ci, elle se leva.

— Excusez-moi, lança-t-elle à l'assemblée avant de quitter la pièce.

Dans le grand salon, elle se retrouva seule. Aucun serviteur en vue, aucun valet attendant qu'on l'appelle. Tous avaient appliqué au pied de la lettre la requête d'Omegus. L'atmosphère avait un étrange côté judiciaire, comme si tout allait désormais être différent, y compris l'organisation domestique.

Elle traversa la salle parquetée et gravit lentement l'escalier majestueux. Quelques paroles avaient tout changé. Pourtant, plus que de simples mots, c'était l'expression des pensées et des passions des uns et des autres, des sentiments qui couvaient depuis longtemps : la seule nouveauté, c'était qu'ils éclatent au grand jour.

Vespasia eut le plus grand mal à se concentrer pour choisir ce qu'elle allait porter au dîner. Sa servante lui suggéra une robe après l'autre, mais rien ne semblait approprié, et, une fois n'est pas coutume, elle ne s'en souciait pas vraiment. Soies, dentelles et broderies, toute la palette de couleurs splendides et subtiles ne lui apportaient aucun plaisir. Gwendolen était morte de désespoir, réel ou imaginaire, et Isobel était sur le point de souffrir plus qu'elle ne pouvait le concevoir.

Vespasia prévit que les autres se vêtiraient sobrement pour porter le deuil et aussi étaler leur sentiment de triomphe, lugubre mais éclatant. Elle préféra le violet. Ce coloris seyait à son teint de porcelaine et à ses cheveux flamboyants. Ce serait magnifique, tout à fait approprié, mais également scandaleux pour une femme aussi jeune. Bref, cette tenue remplirait sa fonction à merveille.

Comme la veille, elle descendit l'escalier, suscitant la surprise chez la plupart, admiration chez Lord Salchester et jalousie chez Lady Warburton. D'un seul regard, elle sut qu'Isobel n'était pas encore là. Aurait-elle le courage de se joindre à eux ?

Omegus vint lui prendre le bras ; malgré son visage soigneusement dépourvu de toute expression, elle perçut chez lui une grande nervosité.

— Elle ne va pas s'enfuir, n'est-ce pas ? demanda-t-il d'une voix si discrète que Blanche Twyford, qui ne se trouvait qu'à un ou deux mètres d'eux, n'aurait pu l'entendre.

Vespasia nourrissait les mêmes craintes.

— Je n'en sais rien, admit-elle. Je crois qu'elle est très en colère. Il est assez injuste de rejeter toute la faute sur elle. S'il a été aussi facile de désarçonner Bertie, c'est qu'il ne portait pas un amour très profond à Gwendolen.

— Bien sûr que non, ma chère, murmura Omegus. C'est sans doute la désillusion qui a blessé Gwendolen plus qu'elle ne pouvait le supporter.

Soudain, tout devint limpide. Ce qui avait accablé

Gwendolen, ce n'était pas les propos d'Isobel, mais le fait qu'on expose le caractère futile de ses rêves, qu'on brise le vernis d'espoir derrière lequel elle se cachait. Elle n'avait pas perdu l'objet de sa convoitise mais s'était rendu compte qu'il n'existait pas, du moins pas comme elle en avait besoin.

— Était-ce vraiment de la cruauté de la part d'Isobel ? demanda-t-elle en le regardant pour la première fois dans les yeux depuis le début de leur conciliabule.

Omegus n'hésita pas un instant.

— Oui. Il existe certaines choses que l'on doit découvrir petit à petit, et les défauts de l'être aimé en font partie.

— Pourtant, il lui fallait bien savoir quel homme faible il était avant de l'épouser ! protesta Vespasia.

Il sourit.

— Voyons, je vous en prie, poussez votre réflexion un peu plus loin, ma chère.

Elle s'étonna de se sentir blessée à ce point — sa blessure n'était pas semblable à l'entaille grossière laissée par un couteau, mais la plaie, profonde et presque indolore les premières secondes, infligée par une lame de rasoir. Jusqu'alors, elle n'avait jamais eu conscience de se soucier autant de l'opinion d'Omegus à son égard.

Peut-être perçut-il le changement sur son visage, car son expression s'adoucit.

Gênée de se montrer aussi vulnérable, elle s'écarta de lui.

Il s'en aperçut aussi et fit comme si de rien n'était.

— Elle lui aurait dit oui, déclara-t-il. Elle n'avait pas reçu de meilleure demande, et le temps qu'elle se rende compte des défauts de Bertie, celui-ci aurait peut-être commencé à les surmonter. Qui plus est, l'habitude, la tendresse et d'autres promesses, tenues celles-ci, auraient pu émousser le tranchant de sa déception et lui offrir des compensations suffisantes.

Il posa la main sur son bras avec une telle douceur qu'elle la sentit à peine.

— L'amour ne se construit pas sur la perfection, reprit-il, mais sur la tolérance, les rêves passés et un avenir commun. S'il doit durer, ma chère, il faut une grande part d'amitié — rien n'est plus précieux qu'une profonde amitié. C'est le socle sur lequel tout amour doit reposer. Gwendolen aurait dû prendre sa décision elle-même, et non pas laisser une autre la prendre à sa place.

Incapable d'organiser ses pensées tant les paroles d'Omegus saturaient son esprit, elle ne répondit rien.

Dix minutes plus tard, Isobel ne s'étant toujours pas montrée, Vespasia décida d'aller la chercher. Elle remonta à l'étage et alla frapper à sa porte. N'obtenant pas de réponse, elle entra.

Isobel se regardait d'un air critique dans le grand miroir. Sans être belle, elle possédait une grâce exceptionnelle et, vêtue de sa robe bronze et noir, elle était splendide, plus éblouissante et plus remarquable que Gwendolen ne l'avait jamais été. Pour la première fois, Vespasia saisit l'origine du problème : Bertie Rosythe ne voulait pas d'une femme remarquable. Il avait beau aimer jouer avec le feu, il ne comptait pas vivre avec. Isobel n'aurait jamais remporté la partie.

— Si vous ne descendez pas tout de suite, vous allez être en retard, dit Vespasia d'un ton calme.

Isobel fit volte-face, déconcertée. À l'évidence, c'est sa servante qu'elle s'attendait à voir.

— Je ne sais pas encore si je viens. Je ne vous ai pas entendue frapper !

— Il faut croire que vous étiez trop plongée dans vos pensées. Vous devez nous rejoindre, insista-t-elle, sinon on prendra votre absence pour un aveu de culpabilité.

— À leurs yeux, je suis coupable de toute façon, répliqua Isobel, amère. N'essayez pas de me faire croire que vous ne vous en apercevez pas ! Même vous avec vos...

— Mes remarques n'étaient pas destinées à les conforter dans leurs conclusions. Je vous demande pardon. Je m'y suis mal prise.

Isobel regardait toujours ailleurs.

— De toute façon, ils seraient parvenus au même verdict. Ça leur aurait pris un peu plus longtemps, c'est tout. Enfin, je l'aurais moins mal pris si le coup de grâce n'était pas venu d'une amie.

— Dans ce cas, considérez votre revanche comme acquise. Croyez-moi, je me mords les doigts d'avoir commis cette erreur. Bon, on descend dîner, maintenant ? Plus vous attendrez, plus ce sera difficile. Peu importe qui doit être la cible des reproches, voilà la vérité.

Isobel tourna la tête très lentement.

— Pourquoi avez-vous mis du violet, bon sang ? Quelqu'un d'autre porte-t-il le deuil ?

— Bien sûr que non ! Personne n'avait prévu un tel événement. Je porte du violet parce que ça me sied.

— Tout vous sied ! rétorqua Isobel.

— Vous vous trompez. Toute ma garde-robe me va, en effet, parce que je n'achète pas ce qui ne me convient pas. Allez, passez votre armure et venez dîner.

— Mon armure, quelle armure ?

— De courage, de dignité, d'espoir... Ayez l'intelligence de ne parler que si l'on vous adresse la parole et n'essayez pas de faire de l'humour.

— De l'humour ! Je n'arriverais pas à rire même si Lord Salchester s'amusait à marcher sur les mains dans le jardin !

— Peut-être y parviendriez-vous si Lady Warburton s'étouffait avec sa soupe.

Isobel eut un pâle sourire.

— C'est vrai, vous avez raison.

Le repas fut un cauchemar. Personne, à l'exception d'Omegus, ne la salua. On eût dit que nul ne l'avait vue, même si elle avait descendu l'escalier d'un pas cérémonieux, accompagnée par le bruissement sonore de sa robe en satin, et que ses jupons évasés avaient frôlé ceux de Blanche Twyford, qui ne s'était pas écartée pour la laisser passer. Un instant plus tard, voyant Vespasia approcher, celle-ci fit pourtant de bonne grâce un pas de côté.

La conversation se poursuivit sans heurts, mais Isobel n'y fut pas mêlée. Elle eut beau prendre la parole une fois, personne ne sembla l'avoir entendue.

Quand le majordome annonça le dîner, Omegus lui offrit son bras, car de toute évidence aucun autre ne comptait le faire. Lorsqu'ils furent à table, Lady Warburton lança un regard à Vespasia puis à Omegus.

— Ai-je tort, Mr. Jones, ou avez-vous établi les règles de votre fameux procès médiéval de façon que nous y soyons tous astreints sous peine de le payer de notre honneur ?

— En effet, Lady Warburton, répondit-il.

— En ce cas, vous pourrez sans doute me les rappeler, ces règles. Il semblerait que vous passiez outre, si je vous ai bien compris.

Elle lança un regard lourd de sens à Isobel, puis se tourna vers Omegus avec un air de défi.

Ce dernier s'empourpra.

— Vous avez raison, admit-il. J'y suis astreint comme tout un chacun, mais j'espère cependant que Mrs. Alvie reviendra sur son refus et que nous pourrons prendre une décision définitive. Je préfère attendre avant d'agir.

— Vous avez ce privilège, c'est vrai, reconnut-elle à contrecœur. Du moins tant que nous sommes à Applecross.

Le repas commença, et Isobel fut servie comme tous les autres, mais quand elle demanda le sel, Fenton Twyford, assis à côté d'elle, interrogea Peter Hanning sur ses pronostics concernant le vainqueur du prochain Derby.

— Auriez-vous l'amabilité de me passer le sel ? répéta Isobel.

— Je ne partage pas votre opinion, déclara Twyford d'une voix forte au milieu du silence qui s'était installé. À mon avis, c'est l'étalon de Bamburgh qui va l'emporter. Qu'en pensez-vous, Rosythe ?

Isobel ne réitéra pas sa demande.

Le reste du dîner se déroula de la même manière. On l'ignora comme si son siège était vide. On discuta de Noël, de l'année à venir, de qui assisterait aux différents événements de la saison — bals, courses, régates, garden-parties, expositions, équitation à Rotten Row, promenades aux jardins botaniques, opéras, pièces de théâtre, plaisance sur la Tamise. Personne ne demanda à Isobel où elle irait. Ils se comportèrent comme si elle ne devait participer à rien. Contrairement à la mort de Gwendolen, cet ostracisme ne suscitait chez eux aucun émoi — à leurs yeux, elle n'avait pas seulement cessé d'exister, elle n'avait jamais été.

Elle resta cependant à table, mais elle pâlissait à vue d'œil. Vespasia marcha à ses côtés quand les dames se retirèrent. Il lui fut douloureux de se souvenir de la veille, quand Gwendolen était encore parmi eux. À présent, sa dépouille attendait dans une pièce inoccupée, et le lendemain le fossoyeur viendrait la préparer pour les funérailles.

Devinant peut-être qu'on approchait de l'heure à laquelle tout avait commencé, elles se turent en entrant dans le petit salon. Vespasia frissonna. Toutes avaient un jour ou l'autre côtoyé la mort. Nul n'était à l'abri des nombreuses maladies qui sévissaient partout, des risques de l'accouchement, des accidents qui pouvaient survenir même lors des voyages les plus ordinaires, mais ce drame était différent, et sa noirceur particulière les affectait toutes.

Moins de vingt minutes plus tard, Isobel se leva et, personne ne s'étant soucié de sa présence, sortit sans prendre la peine de s'excuser auprès des autres.

Vespasia lui emboîta le pas. En plus de devoir convaincre Isobel d'accomplir son voyage en Écosse, elle se sentait incapable de subir plus longtemps la jubilation malveillante des autres. Leur satisfaction de voir Isobel en mauvaise posture et de lui administrer son châtiment au compte-gouttes lui répugnait, car elle ne prenait pas sa source dans le désir de rendre la justice ou de permettre à la coupable d'expier sa faute. Elles ne se réjouissaient que de leur sécurité personnelle et se félicitaient d'être dans le cercle et non en dehors.

Vespasia traversa le grand salon, où le majordome

la salua avec courtoisie. Elle lui souhaita bonne nuit, songeant qu'il allait être très délicat pour le personnel de choisir quelle attitude adopter au milieu de tous ces silences et de toutes ces rebuffades. La véritable question était sans doute de savoir combien de temps Omegus parviendrait à résister aux règles qu'il avait lui-même édictées.

À l'étage, Vespasia frappa à la porte d'Isobel.

N'obtenant encore une fois pas de réponse, elle entra.

Isobel se tenait au milieu de la chambre, raide et blême.

— N'attendez-vous jamais qu'on vous invite à entrer ? demanda-t-elle d'une voix rauque, sur le point de s'effondrer.

— Je crois ne pas pouvoir me permettre d'attendre, répliqua-t-elle.

Isobel respira à fond dans un effort visible pour se calmer.

— Qu'y a-t-il de si urgent, d'après vous ?

Vespasia écarta ses jupons et s'assit sur le fauteuil comme si elle comptait rester un moment.

— Avez-vous l'intention d'accepter ce bannissement ? Ne vous faites aucune illusion, il ne se limitera pas à ceux qui sont présents ici. Dès leur retour à Londres, ils raconteront leur version des faits à qui voudra l'entendre. À la prochaine saison, toute la bonne société en connaîtra au moins une. Ne vous voilez pas la face, vous savez que c'est la vérité.

Les yeux d'Isobel s'emplirent de larmes mais elle refusa de pleurer.

— Vous allez me dire que je dois accepter qu'on me mette la mort de Gwendolen sur le dos et apporter cette maudite lettre à sa mère ? demanda-t-elle d'une voix étranglée. Je n'ai fait qu'insinuer qu'elle était ambitieuse, ce qui était la stricte vérité. La plupart des femmes le sont. Nous n'avons pas le choix.

— Vous vous êtes montrée cruelle et vous avez fait de l'esprit à ses dépens. Vous avez non seulement insinué qu'elle était ambitieuse, mais aussi que son amour pour Bertie n'aurait jamais existé s'il avait appartenu à une autre classe sociale.

Isobel ouvrit des yeux ronds.

— Vous prétendez le contraire ? Vous croyez qu'elle aurait épousé un épicier ou un domestique ?

— Bien sûr que non, répondit Vespasia, agacée. De toute façon, jamais un épicier ou un valet ne l'aurait demandée en mariage. Cet argument n'est pas valable. Votre remarque avait pour seul objectif de l'accabler, de la taxer de cupidité, et surtout de faire croire à Bertie qu'elle ne s'intéressait à lui que par opportunisme. Ne jouez pas les ingénues.

Isobel la foudroya du regard, mais elle craignait trop de perdre pied pour oser répliquer.

— Bref, reprit Vespasia d'un ton sec, ça n'a guère d'importance...

— C'est pour me dire ça que vous avez fait irruption ici ? demanda Isobel d'une voix haletante, les larmes roulant à présent sur ses joues. Sortez d'ici ! Vous êtes encore pire qu'eux ! Moi qui vous croyais mon amie, je me suis bien trompée. Vous n'êtes qu'une hypocrite !

Vespasia ne bougea pas d'un pouce.

— Ce qui compte, déclara-t-elle d'un ton posé, c'est d'affronter la situation telle qu'elle est. Aucun d'entre eux ne s'intéresse à la vérité. Et je doute qu'on découvre un jour ce qui a vraiment poussé Gwendolen au suicide, et encore moins qu'on puisse le prouver à des gens qui n'ont aucune envie de le savoir. En tout cas, Omegus vous offre une chance d'expier votre éventuelle culpabilité et surtout de conserver votre place dans la bonne société, et d'obliger tous les autres ici à un silence absolu sur ce qui s'est passé, sous peine qu'ils ne soient ostracisés à leur tour — ce qui d'après moi est un coup de maître.

Elle esquissa un sourire.

— Si vous réussissez, vous aurez le plaisir lors de la prochaine saison de les voir vous observer sans pouvoir dire un mot. Ce sera un véritable calvaire pour Lady Warburton et Blanche Twyford. Chaque fois qu'elles devront se montrer courtoises avec vous, elles souffriront en silence. Cette seule perspective devrait vous apporter une immense satisfaction. Moi, je m'en régale d'avance !

Isobel sourit timidement.

— Il faudra faire tout le trajet jusqu'à Inverness ?

— La ville est desservie par le train, maintenant.

Isobel détourna le regard.

— Ce ne sera pas le plus dur. Le voyage me prendra des jours, il y aura des arrêts incessants, j'aurai froid et je serai mal installée. Mais aller voir cette femme et lui remettre cette lettre dans laquelle Gwendolen risque de dire du mal de moi, devoir endurer son chagrin, ce sera... insupportable !

— Ce sera difficile, mais pas insurmontable, rectifia Vespasia.

Isobel la dévisagea d'un air furieux.

— Vous le feriez, vous ? Et ne vous avisez pas de me mentir !

Vespasia fut la première surprise de sa réponse.

— Je le ferais, oui. Je vais même vous accompagner.

— C'est vrai ? Vous me le promettez ?

Vespasia soupira. À quoi s'était-elle engagée, bon sang ? Elle n'était coupable d'aucune offense envers Gwendolen Kilmuir. Enfin, y avait-il vraiment un rapport ? La question n'était ni la culpabilité ni le mérite ; c'était l'amitié — et la nécessité.

— Oui, répondit-elle. Nous partirons demain matin. Il nous faudra d'abord passer par Londres, bien entendu, et prendre le premier train pour l'Écosse. Nous porterons la lettre à Mrs. Naylor et l'accompagnerons au retour si elle le souhaite. Omegus n'a jamais spécifié que vous deviez y aller seule.

— Merci, dit Isobel, le visage baigné de larmes. Merci infiniment.

Vespasia se leva.

— Nous les préviendrons demain au petit déjeuner. Dites à votre servante de préparer vos valises et habillez-vous pour le voyage. Mettez votre manteau le plus chaud et vos meilleures bottines. Il y aura sans doute de la neige dans le nord et il fera plus froid. Tâchez de bien dormir.

Isobel répondit par un petit gémissement.

La gravité de sa décision plongea Vespasia dans un grand tourment. Elle dormit malgré tout plutôt bien, mais ses rêves furent peuplés de trains rugissants, de vents violents et de paysages enneigés, et d'une femme qui, endeuillée par la perte de son enfant, se refusait à pardonner.

Elle se réveilla avec une migraine, enfila une tenue de voyage et chargea sa servante de faire ses bagages pendant le petit déjeuner.

Tous les autres étaient déjà réunis. Un feu répandait une chaleur agréable et des arômes exquis émanaient d'une multitude de plats en argent disposés sur le buffet. Seul Omegus semblait chagriné. Lorsqu'il rencontra le regard de Vespasia, celle-ci lui sourit et lui adressa un signe de tête quasi imperceptible. Elle le vit se détendre.

Comme si elle avait attendu le bon moment, Isobel arriva presque sur ses talons.

Tout le monde salua Vespasia, lui demanda si elle allait bien et si elle avait passé une bonne nuit. De nouveau, on ignora Isobel. Cette fois-ci, elle s'assit avec calme, sans un mot, la figure livide, et commença à manger après s'être servi thé et pain grillé.

Après quelques considérations sur le temps qu'il faisait, Peter Hanning invita Bertie à une partie de billard dans l'après-midi. Lord Salchester annonça qu'il comptait aller se promener. Sa femme déclara qu'elle l'accompagnerait, ce qui eut le don de lui ôter son sourire.

Isobel termina son petit déjeuner, se leva et se tourna vers Omegus.

— Mr. Jones, j'ai bien réfléchi à votre offre. J'ai eu tort de la repousser. La possibilité de se racheter et d'effacer ses erreurs passées ne se présente que trop rarement pour qu'on puisse la refuser. Je vais quitter Applecross dans la matinée, munie de la lettre destinée à Mrs. Naylor, et prendre le train pour l'Écosse. Si elle le veut bien, je l'accompagnerai au retour. À notre arrivée à Londres, je vous tiendrai au courant de l'issue de mon périple et attendrai de toutes les personnes ici présentes qu'elles respectent leur engagement.

Lady Warburton eut l'air penaud de celle qui vient

de porter un morceau des plus délicats à ses lèvres et le voit tomber par terre au dernier moment.

Un léger sourire éclaira le visage d'Isobel.

— Comment savoir que vous ne nous mentirez pas et que vous aurez bien remis la lettre à Mrs. Naylor ? demanda Lady Warburton d'un ton agacé.

— Mrs. Alvie vous en donnera sa parole, répondit froidement Omegus.

— Vous aurez aussi celle de Mrs. Naylor, si vous prenez la peine de l'interroger, précisa Isobel.

— Quel culot !

Lady Warburton s'enfonça dans un silence indigné.

— Bravo, déclara Lord Salchester. Vous êtes très courageuse, ma petite. Ce voyage n'aura rien d'agréable.

— Ce sera même épouvantable ! renchérit Fenton Twyford. À Inverness, vous risquez d'avoir de la neige jusqu'aux genoux, et la journée la plus courte de l'année tombe dans moins de trois semaines. Là où vous allez, cela peut signifier que vous ne verrez pas la lumière du jour. Vous savez sans doute qu'Inverness se trouve à cent cinquante miles d'Édimbourg. Au bas mot !

— Et si le train est bloqué par une congère ? demanda Blanche d'un ton plein d'espoir.

— Nous sommes début décembre, pas en janvier, fit remarquer Sir John Warburton. Un séjour là-bas peut très bien se révéler fort plaisant. Le comté d'Inverness est une région magnifique.

— Quand y êtes-vous allé ? s'enquit sa femme, surprise.

Il sourit.

— Oh, à une ou deux occasions. Fenton aussi, d'ailleurs.

— Dans quel but ?

— C'est une région idéale pour la randonnée.

— En plein mois de décembre ? s'étonna Hanning d'une voix aiguë en haussant les sourcils.

— Peu importe, les interrompit Vespasia. C'est maintenant que nous partons. Nous prendrons la route dès que nos bagages seront prêts, si le cabriolet peut nous emmener à la gare.

— Vous nous quittez aussi ? fit Lord Salchester sans cacher sa déception.

Omegus interrogea Vespasia du regard.

— Oui, répondit-elle.

Isobel eut un sourire où se mêlaient fierté et incertitude.

— Lady Vespasia m'a proposé son concours.

Le visage d'Omegus s'éclaira ; son regard doux et pétillant le rendait très séduisant.

— Pour remettre la lettre à Mrs. Naylor si Mrs. Alvie perdait courage ? commenta Blanche Twyford d'un ton acerbe. Vous parlez d'une corvée !

Elle se tourna vers Omegus.

— Sommes-nous toujours tenus par notre serment, au vu de ce dernier développement ?

— Dans les procès médiévaux sur lesquels je me suis basé, on avait la permission de se faire représenter par un ami, lequel risquait alors le même châtiment que l'accusé. Si celui-ci était reconnu coupable, il promettait d'accomplir le pèlerinage imposé, et si son ami était assez sûr de sa valeur, qu'il avait le courage et l'abnégation nécessaires pour l'accompagner, il lui offrait alors la plus grande preuve d'amitié possible. La difficulté du périple n'en sera pas amoindrie, pas plus que les dangers qui se présenteront à elles. Elles ne feront que les affronter ensemble. Pour répondre à votre question, Mrs. Twyford, vous êtes donc toujours tenue par votre serment.

— Remarquable, dit Lord Salchester à Vespasia, avec une admiration évidente. Je vous félicite pour votre loyauté, ma chère.

— De l'entêtement, oui ! grommela Lady Warburton.

Vespasia vit qu'Omegus la regardait avec une satisfaction qui la dérouta. Elle se demanda même un instant si sa promesse irréfléchie était vraiment destinée à aider Isobel, ou juste à provoquer la joie d'Omegus. Puis, concluant à l'absurdité de ces interrogations, elle termina son petit déjeuner.

Les servantes partiraient plus tard avec les bagages de leurs maîtresses et resteraient à Londres. Ce voyage expiatoire devait être accompli sans aide. Que ces femmes les accompagnent serait injuste et compromettrait la validité du serment. En plus de ne pas mériter une telle épreuve, elles n'étaient tenues à aucun secret.

Isobel et Vespasia partirent peu après dix heures avec une avance confortable. Omegus les conduisit jusqu'au perron, où le vent cinglant et frais chargé de l'odeur pure de la pluie lui battit les cheveux.

— Prévenez-moi quand vous serez à Londres, dit-il. Bon voyage.

— Êtes-vous sûr que Vespasia peut m'accompagner ? demanda Isobel. Je n'ai aucune intention d'accomplir ce périple pour m'apercevoir à la fin qu'il n'a aucune valeur.

— Il n'en sera rien, la rassura-t-il. Ne sous-estimez pas les difficultés qui vous guettent. Vespasia vous facilitera peut-être la tâche, à la fois par sa présence, son courage et son intelligence, mais c'est vous qui devrez vous présenter devant Mrs. Naylor. Si Vespasia devait le faire à votre place, alors, en effet, vous n'auriez pas expié votre faute. Si vous mentez, la bonne société, incapable de déceler votre tromperie, vous pardonnera, mais vous, vous saurez, et en définitive c'est tout ce qui comptera.

— Je ne mentirai pas ! s'offusqua Isobel.

— Je le sais, répondit-il. En outre, Vespasia témoignera de votre bonne foi au cas où Mrs. Naylor s'y refuserait.

Isobel se mordit la lèvre.

— Je reconnais que je n'y avais pas songé. C'est vrai que ça n'aurait rien de surprenant. Je... j'aimerais connaître le contenu de la lettre.

Omegus se rembrunit.

— C'est impossible, répondit-il, un soupçon de mise en garde dans la voix. L'incertitude fera partie de votre voyage, je le crains. Bon, il est temps de partir, maintenant, ou vous allez manquer votre train. Le suivant n'arrivera pas avant longtemps.

Il se tourna vers Vespasia.

— Il va se passer beaucoup de choses avant votre retour, ma chère. Plaise à Dieu que tout cela vous soit bénéfique. Bonne route.

— Au revoir, Omegus.

Avec son aide elle monta à bord du cabriolet, puis elle s'enveloppa les genoux d'un plaid.

Le valet d'écurie fit claquer les rênes pour faire avancer le poney. Isobel regardait devant elle, le visage fouetté par le vent ; Vespasia se détourna une dernière fois et vit Omegus qui, les bras le long du corps, se tenait toujours sur le pas de la porte. Il les observa jusqu'à ce qu'elles disparaissent derrière les grands ormes.

Le trajet jusqu'à Londres eut beau leur paraître ennuyeux, il fut en fait très court — un peu plus de deux heures — comparé au voyage qui les attendait ensuite. À leur arrivée, elles prirent chacune un cab pour gagner leurs demeures respectives et préparer des vêtements plus adéquats. Nul besoin de robes de soirée, en revanche, jupons d'hiver, manteaux, bottes et capes plus chaudes s'avéraient indispensables. Elles convinrent de se retrouver à la gare d'Euston afin de prendre le train pour le Nord à six heures le soir même.

Ce fut Vespasia qui arriva la première, et elle s'en voulut de craindre qu'Isobel ne se ravise au dernier moment. Elle fit les cent pas sur le quai glacial et constata avec étonnement que les gares semblaient toujours canaliser le vent jusqu'à en augmenter la force et le rendre deux fois plus mordant que partout ailleurs. Bien entendu, l'air était en outre saturé de vapeur, de volutes de suie et de bruit — cris, portes qui claquent et voyageurs qui vont et viennent.

Quinze minutes avant le départ, elle repéra Isobel qui, avançant d'un pas énergique devant un porteur chargé de ses bagages, lançait des regards affolés à droite et à gauche, à l'évidence en proie à la peur de devoir affronter seule le voyage et son but plus redoutable encore.

— Dieu soit loué ! s'exclama-t-elle, la voix tremblante de soulagement quand elle vit Vespasia.

Elle fit signe au porteur.

— Merci ! Ici, ce sera très bien. Veuillez les monter dans la voiture pour moi.

Sur quoi, elle ouvrit son réticule pour lui remettre le pourboire adéquat.

— Avez-vous douté de moi ? demanda Vespasia.

— Bien sûr que non, dit Isobel, vexée. Et vous ?

— Bien sûr que non, répondit Vespasia en souriant.

— Menteuse ! s'exclama Isobel en lui rendant son sourire. Ça va être affreux, pas vrai ?

Sa remarque n'avait rien d'une question.

— À mon avis, oui. Vous voulez renoncer ?

Isobel fit une moue contrite ; dans ses yeux, on lisait la peur et la franchise.

— J'adorerais, mais ça n'arrangerait rien, bien au contraire. Qui plus est, maintenant que je me suis engagée devant ces butors, je n'ai plus le choix. Rien de ce qui m'attend ne pourra être pire que les affronter si j'échouais !

— C'est certain. C'était sans doute le but de la manœuvre.

Vespasia arrêta le porteur, qui lui montait aussi son unique valise, et le récompensa à son tour.

Avec un peu de chance, une journée suffirait à leur mission. À leur retour, la longue réunion à Applecross s'achèverait à peine.

Le train démarra dans un concert de coups de sifflet, de cliquetis et de jets de vapeur. Prenant petit à petit de la vitesse, il passa devant des habitations collées les unes aux autres, des étendues de verdure, des usines, encore des maisons, puis finit par s'enfoncer dans la campagne où se détachaient la terre brune des champs labourés et les rares bosquets d'arbres dénudés. Fussent-elles parties pour une autre destination, la cadence des roues sur la voie aurait apaisé les deux voyageuses.

Le jour déclina vite, et en moins d'une heure elles filaient dans la nuit. On ne voyait de la vapeur que les lignes rouges laissées par les flammèches incandescentes ; le paysage se brouillait en une masse indistincte et obscure.

Le train fit des arrêts réguliers pour laisser descendre ou prendre des passagers, permettre aux autres de se dégourdir les jambes, d'utiliser les sanitaires et de se procurer des rafraîchissements.

Vespasia tâcha de dormir le plus possible. Le mouvement du train était agréable et produisait une sorte de petite musique régulière, mais être assise plus ou moins droit se révélait fort inconfortable. Elle voyait Isobel regarder passer les lumières des gares et des bourgs qu'elles traversaient, et la savait inquiète. Mais elles avaient abordé le sujet de leur mission sous tous les angles, et Vespasia refusait de se perdre davantage en conjectures.

Quand l'aube se leva, grise et venteuse, le train dépassait les landes du Yorkshire pour gravir les hauteurs de Durham, plus mornes et désolées, avant de s'enfoncer dans le Northumberland et passer enfin la frontière de l'Écosse. Elles descendirent dans une des gares pour s'acheter un petit déjeuner, qu'elles mangèrent en route dans leur compartiment.

Vespasia parla de sujets qui d'ordinaire auraient aiguisé leur intérêt : mode, théâtre, potins et politique. En ces circonstances, l'une et l'autre n'en avaient que faire, mais toutes les deux se prêtèrent au jeu.

Alors qu'elles traversaient les Lowlands en direction d'Édimbourg, cette ville à la fois magnifique et troublante qui était le siège du pouvoir et du savoir en Écosse, le ciel se dégagea. Les deux femmes descendirent de voiture et, avec l'aide d'un porteur, prirent leurs bagages, puis attendirent le train qui les conduirait à Inverness, à cent cinquante miles de là.

Une heure et demie plus tard elles étaient à bord, engourdies, gelées et fourbues, mais de nouveau en route vers le nord. À leur arrivée dans le Stirlingshire, de la neige recouvrait les premiers contreforts montagneux ; la couronne noire que formait le château de Stirling se détachait sur un ciel bleu où filaient des nuages chahutés par le vent.

La campagne se fit plus sauvage. Les versants des collines étaient noirs de bruyère fanée, les pics plus hauts et d'un blanc brillant. Sur les coteaux moins élevés, elles aperçurent des troupeaux de cerfs, et même une tache sombre semblable à un aigle mais qui n'était sans doute qu'une buse. Le jour baissait quand enfin elles entrèrent dans Inverness, où le rougeoiement du coucher de soleil se réfléchissait sur la mer. Au nord se dressait l'île Noire, et au-delà on distinguait les montagnes étincelantes du Ross-shire et du Sutherland.

Sur le quai, un vent aussi acéré qu'une faux, chargé de l'odeur de la neige et des grands espaces vierges, traversait même les vêtements en laine les plus épais. Elles prirent la décision tacite de s'arrêter pour la nuit plutôt que de chercher la maison de Mrs. Naylor dans l'obscurité, dans une ville qu'aucune d'elles ne connaissait. L'hôtel de la gare semblait proposer d'excellentes chambres. Le matin, et avec lui l'épreuve finale de ce voyage, arriverait bien assez tôt.

Elles se renseignèrent auprès du personnel et apprirent que le manoir de Mrs. Naylor ne se trouvait pas dans Inverness même mais aux abords de Muir of

Ord, un bourg sis à quelques miles de là, où il faudrait se rendre en calèche, et que le trajet leur prendrait une bonne partie de la matinée.

Il était donc aux alentours de midi quand Vespasia et Isobel se présentèrent devant les grilles de la demeure, construite sur plusieurs acres d'un domaine richement boisé qui s'étendait vers l'estuaire de la Beauly jusqu'à la mer.

— Vous êtes prête ? demanda Vespasia à Isobel avec douceur.

— Non, et je ne le serai jamais, mais j'ai tellement froid que je ne suis même pas sûre de pouvoir tenir debout, alors tout ce qui me guette dans cette maison ne pourra être pire que rester ici.

Vespasia le souhaitait de tout son cœur mais ne lui en fit pas part.

Elles descendirent de voiture, remercièrent le cocher et lui demandèrent de les attendre au cas où on ne les inviterait pas à rester, pour ne pas se retrouver sans moyen de regagner la ville. Vespasia resta en retrait pour qu'Isobel puisse actionner la cloche à côté de la porte. Alors qu'elle s'apprêtait à tirer une deuxième fois sur la chaînette, impatiente de mettre fin à son calvaire, un vieux domestique lui ouvrit et la dévisagea d'un air inquisiteur.

— Bonjour, dit Isobel d'une voix hésitante. Je m'appelle Isobel Alvie. Je suis venue de Londres afin de remettre une lettre très importante à Mrs. Naylor. Mon amie, Lady Vespasia Cumming-Gould, m'accompagne. Je vous serais fort reconnaissante de transmettre ce message à Mrs. Naylor. Je m'excuse de ne pas avoir annoncé ma visite, mais ce voyage était urgent et inattendu.

— Si vous voulez bien entrer, Mrs. Alvie, Lady

Vespasia, je vais réfléchir à la meilleure décision à prendre, déclara l'homme avec un léger accent du nord.

Isobel hésita.

— La meilleure décision à prendre ? répéta-t-elle.

— Oui, madame. Mrs. Naylor est absente, mais elle aurait sûrement voulu vous offrir l'hospitalité. Entrez, je vous prie.

Il ouvrit la porte en grand.

Isobel jeta un coup d'œil à Vespasia puis, après un haussement d'épaules quasi imperceptible, suivit le domestique à l'intérieur. Vespasia lui emboîta le pas — elles pénétrèrent dans une grande salle à poutres basses où brûlait un feu dans un âtre ouvert, puis passèrent dans un petit salon tout simple inondé de soleil. La fenêtre donnait sur une pelouse en pente qui laissait place à un panorama splendide, mais il y faisait plus froid que dans la première pièce.

— Quand Mrs. Naylor doit-elle rentrer ? s'enquit Isobel d'une voix âpre qui trahissait sa nervosité.

— Hélas, madame, je l'ignore. Je suis navré de ne pouvoir vous aider après tout le chemin que vous avez parcouru.

— Où est-elle partie ? demanda Isobel. Vous devez bien le savoir !

Il parut interloqué par une telle insistance, pour le moins grossière.

Vespasia intervint.

— Veuillez nous pardonner si nous vous paraissons indiscrètes, déclara-t-elle avec douceur, mais il est arrivé un grand malheur à la fille de Mrs. Naylor. Nous devons lui porter la nouvelle, coûte que coûte. Veuillez comprendre notre peine, et notre inquiétude.

— Miss Gwendolen ?

Le visage du domestique s'assombrit, mais il fut impossible de déchiffrer ses émotions.

— Pauvre enfant, dit-il d'un ton triste. La pauvre enfant...

— Nous devons prévenir Mrs. Naylor, répéta Vespasia, et lui remettre cette lettre en mains propres. Nous nous y sommes engagées.

L'homme secoua la tête.

— Encore un décès, n'est-ce pas ? demanda-t-il en les regardant tour à tour.

Vespasia laissa Isobel répondre.

— Oui, j'en suis navrée. Vous comprendrez donc que nous devons nous adresser à Mrs. Naylor en personne. Puisque nous étions toutes les deux présentes là-bas, nous pourrons au moins l'éclairer sur les circonstances du drame, si elle le souhaite.

— Il s'agit de Miss Gwendolen elle-même, cette fois, hein ? dit-il en secouant la tête avec raideur, le regard brillant et distant.

À le voir si ébranlé, Vespasia eut l'impression d'être de trop.

— Oui. Je suis profondément désolée, répondit Isobel. Où pouvons-nous la trouver, ou bien lui envoyer un message afin qu'elle rentre ? Nous sommes disposées à l'accompagner jusqu'à Londres, si elle nous le permet.

— Ah, peut-être bien.

Le domestique hocha la tête.

— Ce n'est pas impossible. Ce qui est sûr, c'est que ça fait un long voyage.

— En effet, mais le changement à Édimbourg n'est pas trop pénible.

— Ah, ma petite, aucun train ne part de Ballachulish, et, de votre vivant, vous n'êtes pas près d'en voir un... pas même vos petits-enfants, d'ailleurs, expliqua-t-il avec un petit sourire triste. Si ça se trouve, c'est mieux comme ça. Il faut prendre le bateau jusqu'à Glasgow. J'ai cru comprendre que le chemin de fer y va, maintenant.

Il parlait de cette ville comme d'une Babylone lointaine et exotique.

— Ballachulish ? fit Isobel d'un ton hésitant. Où est-ce ? Comment s'y rend-on ?

— Par Inverness, pardi. Ensuite il faut descendre le loch jusqu'au canal Calédonien, et peut-être même jusqu'à Fort William. Ou sinon vous traversez la lande de Rannoch et les montagnes de Glencoe. Ballachulish se trouve de l'autre côté, à ce qu'on m'a dit.

— Est-ce loin ? demanda Isobel.

— Ma pauvre petite, c'est à l'autre bout de l'Écosse ! Sur la côte ouest.

Isobel soupira.

— Quand Mrs. Naylor revient-elle ?

— C'est là tout le problème. Elle n'a pas prévu de rentrer, du moins pas à notre connaissance. Peut-être au printemps prochain, mais là encore, rien n'est sûr.

Isobel fut horrifiée.

— Au printemps prochain ? Mais c'est... c'est dans très longtemps !

— Eh oui. Nous serons heureux de vous accueillir ici cette nuit, le temps que vous réfléchissiez. Nous avons de nombreuses chambres. Il ne vient presque plus personne ici depuis l'accident de ce pauvre Mr. Kilmuir. Ce sera un plaisir de devoir cuisiner pour quelqu'un et d'entendre d'autres voix que les nôtres.

— Mrs. Naylor est-elle absente depuis tout ce

temps ? demanda Vespasia, surprise. Je croyais que cet événement remontait à plus d'un an...

— Un an et demi, précisa-t-il. C'est arrivé au début de l'été 1851. Bon, peut-être désirez-vous déjeuner ? Vous n'avez sans doute pas encore mangé.

— Oui, merci, accepta Vespasia avant qu'Isobel ait eu le temps de décliner l'offre.

Elles avaient besoin de se nourrir et, surtout, besoin de temps pour prendre une décision face à cette nouvelle terrible.

— Qu'allons-nous bien pouvoir faire ? demanda Isobel dès qu'elles furent seules dans la grande salle. M'écouteront-ils si je leur explique que Mrs. Naylor était absente, qu'elle se trouve sur la côte ouest et qu'il n'existe aucun moyen de la rejoindre ?

— Non, répondit Vespasia en toute franchise. Pour commencer, si elle est là-bas, il nous sera forcément possible de nous y rendre aussi.

Alors qu'elle prononçait ces mots, elle se sentit prise de panique. Quand elle avait promis à Isobel de l'accompagner jusqu'à Inverness, ç'avait été sur un coup de tête, en partie par compassion et en partie à cause de son antipathie croissante pour Lady Warburton, dont elle voulait voir les espoirs contrariés, et surtout, bien plus qu'elle ne s'en était rendu compte jusqu'à présent, par désir de s'attirer le respect et même l'admiration d'Omegus. Hélas, la tâche s'annonçait beaucoup plus ardue que prévu. Néanmoins, son orgueil lui interdisait de renoncer, et, par honnêteté, elle ne laisserait pas Isobel croire qu'être venues jusqu'à Inverness suffirait à honorer leur serment.

— C'est absurde ! s'exclama Isobel en fixant le feu du regard. Pourquoi cette bonne femme est-elle allée se terrer au bout du monde ? Comment Gwendolen a-t-elle pu penser qu'on allait lui remettre sa lettre ? Personne n'y a songé quand on nous a envoyées courir tout le pays pour rien !

Ses reproches implicites visaient Omegus, et Vespasia s'en sentit blessée.

— Personne ne nous a envoyées ici, rétorqua-t-elle. On vous a offert la chance de vous racheter pour une remarque cruelle et idiote qui a fini en tragédie, ce dont Omegus n'était en rien responsable.

Isobel pivota vivement dans son fauteuil.

— Si Gwendolen avait eu un minimum de courage, elle se serait contentée de me répondre au lieu d'aller se jeter dans l'étang ! Ou encore, si elle désirait faire sensation, elle aurait agi en plein jour, à un moment où on aurait pu la voir et la repêcher !

— Ah oui, trempée jusqu'aux os, les vêtements qui lui collent à la peau, les cheveux comme des queues de rat, recouverte de vase et d'herbes aquatiques ? Dans quel but, bon sang ? Se jeter dans un étang est un acte romantique, mais en être repêché, c'est en revanche tout bonnement ridicule !

Alors qu'elle s'approchait de la fenêtre, d'autres pensées s'immiscèrent dans son esprit, des souvenirs d'une Gwendolen joyeuse et confiante. Elle choisit alors de se représenter le moment où Isobel avait pris la parole, les secondes glaçantes avant que tout bascule, puis le visage horrifié de Gwendolen. Voilà ce qu'elle ne comprenait pas : sa réaction était disproportionnée. Ce qui l'avait le plus meurtrie, c'était sans doute le fait que Bertie n'ait pas pris sa défense et ne l'ait même pas rejointe pour lui expliquer qu'il ne croyait pas un mot des accusations portées contre elle. C'est la désillusion qui l'avait minée. Elle devait être amoureuse de lui pour de bon et n'avoir jamais cerné sa véritable personnalité.

Elle tenta de se rappeler le comportement de Gwendolen au cours de la saison. Lui avait-elle paru fragile à ce point ? Les images lui revinrent une par une. Aucune ne lui mit la puce à l'oreille : elle revoyait une jeune femme qui, sortant d'un deuil, recommençait à s'amuser, à rire, à flirter, et qui, même si elle dépensait avec parcimonie, ne semblait pas connaître de difficultés financières. Cependant, l'avait-elle considérée autrement que de façon superficielle ?

D'ailleurs, voyait-elle en Isobel plus qu'une amie intelligente, un peu à part, qu'elle appréciait pour ses opinions et son franc parler ? Vespasia n'avait jamais rien cherché d'autre chez elle qu'un remède à l'ennui. Elle ne lui avait rien confié d'intime, surtout pas son aventure à Rome. Elle n'en avait parlé à personne.

Il lui semblait singulier que Mrs. Naylor soit partie si vite après la mort de Kilmuir, apparemment sans intention de revenir. Qu'est-ce qui avait pu déclencher une telle décision ?

Elle quitta la pièce et alla jusqu'à une porte qui donnait sur une allée de gravier. La journée était belle et un vent glacial soufflait en provenance du large. Le jardin était splendide, la pelouse aussi lisse qu'un terrain de cricket, les fleurs étaient bien taillées et les arbres fruitiers cultivés en espaliers le long des murs orientés plein sud. En s'y promenant, elle croisa un homme qui sortait du potager ; elle se présenta et le complimenta sur l'aspect des lieux. Il la remercia avec courtoisie.

— Tout ça doit beaucoup manquer à Mrs. Naylor,

dit-elle pour engager la conversation. Ballachulish est-il aussi agréable ?

— Oh, c'est drôlement beau, avec les montagnes, la vallée et tout ça. Enfin moi, je trouve l'ouest trop humide. C'est un pays capricieux. Très spectaculaire. Pas besoin d'un jardin comme celui-ci, là-bas.

— Pourquoi irait-on s'y installer ? Il faut être très téméraire...

— Là, vous me posez une colle, madame. Pour sûr, moi, je pourrais pas y vivre. Mais quand on est de la région, c'est différent. Ils ont leur terre dans le sang.

— Mrs. Naylor en est originaire, alors ? Voilà qui explique tout.

— Non, pas elle ! Elle est anglaise, tout comme vous, répondit-il comme si la décision de sa patronne le surprenait aussi. Quand Mr. Kilmuir est mort, ça lui a pris comme ça. Elle l'a drôlement mal encaissé. Remarquez, ç'a été un coup dur, et puis soudain, en plus.

— C'est certain, dit-elle avec compassion, frissonnant un peu sous les assauts du vent qui s'élevait des eaux à présent agitées et blanches d'écume. Je n'ai jamais su ce qui était arrivé. Gwendolen était trop sous le choc pour pouvoir en parler.

— Le cheval s'est emballé, dit-il plus bas. Kilmuir et Mrs. Naylor étaient dans le cabriolet. Lui a été éjecté par une branche, et il est resté accroché aux rênes par le poignet.

— Il a été traîné ? C'est horrible ! Pas étonnant que Gwendolen ait été bouleversée ! Pauvre Mrs. Naylor ! Elle a dû avoir une peur de tous les diables !

— Pensez-vous ! rétorqua-t-il d'un ton vif. On voit

que vous la connaissez pas ! Y a pas un homme qu'ait plus de courage qu'elle. Et même deux réunis, tiens !

Il releva le menton d'un air fier et la dévisagea, les sourcils froncés.

— Ça vous fait peut-être sourire, mais c'est vrai. Elle a arrêté le cheval toute seule, hélas trop tard pour sauver Kilmuir. Il a dû mourir très vite. Mrs. Naylor a coupé les rênes et est revenue à cheval jusqu'ici pour nous prévenir. Quand on a retrouvé le cabriolet et Kilmuir, on voyait exactement ce qui s'était passé.

— Et Mrs. Kilmuir ?

Il eut l'air dépité.

— C'est ça le plus moche, madame. Elle montait elle aussi ce jour-là. Elle a assisté à la scène mais n'a rien pu faire. La pauvre enfant, commenta-t-il en secouant la tête. Sûr qu'elle serait plus jamais la même. Inconsolable, qu'elle était. Elle errait dans la maison tel un fantôme, n'avalait plus rien et ne prononçait plus le moindre mot. Ça nous a fait plaisir quand elle est repartie à Londres, et quand on a appris qu'elle avait commencé une nouvelle vie.

— Mrs. Naylor ne l'a pas accompagnée ?

Le visage du jardinier se figea et quelque chose en lui se ferma.

— Non. Elle n'apprécie guère Londres et a bien trop à faire ici. Bon, je vous demande pardon, madame, mais je dois apporter tout ça à la cuisinière, puisque votre amie et vous restez à dîner. Nous souhaitons vous offrir le meilleur accueil possible et vous traiter comme des invitées de Mrs. Kilmuir. Promenez-vous dans le jardin autant que vous le voulez et soyez la bienvenue.

Elle le remercia et reprit sa marche, l'esprit accaparé par la mort de Kilmuir, la réaction de Mrs. Naylor et ses efforts pour consoler sa fille. Elle fut prise d'une terrible sensation de culpabilité à l'idée de devoir lui annoncer la pire des nouvelles. La perspective de rentrer à Londres en laissant là la lettre de Gwendolen pour qu'elle la trouve à son retour était désormais exclue.

Lorsqu'elles se retrouvèrent seules après le dîner, elle en fit part à Isobel.

Cette dernière se détourna de la fenêtre, où elle se tenait, regardant fixement l'obscurité.

— Descendre le canal Calédonien puis traverser les terres jusqu'à Balla-je-ne-sais-quoi... dit-elle d'un ton angoissé. Comment y parviendrons-nous ? Quelle personne saine d'esprit tenterait ce voyage à cette période de l'année, à part des bergers et des brigands ?

— En tout cas, je vais essayer. Si vous désirez retourner à Londres, je suis sûre que quelqu'un vous raccompagnera jusqu'à Inverness. En ce qui me concerne, je ferai tout mon possible pour remettre cette lettre à Mrs. Naylor et lui raconter ce que je sais.

Livide, Isobel avait les yeux pleins de colère.

— Vous savez bien les commentaires que les autres feraient si je rentrais sans vous ! Ce serait encore pire que si je n'étais jamais venue jusqu'ici !

— Oui, sans doute. Donc vous allez me faire du chantage pour que je rentre aussi et que je laisse cette malheureuse femme découvrir à son retour, que ce soit dans un mois ou dans un an, que sa fille est morte ?

Deuxième Partie

— J'ai l'impression que nous sommes dans une impasse, commenta Vespasia d'un ton froid. Peut-être devrions-nous agir chacune comme bon nous semble ? En ce qui me concerne, j'irai à Ballachulish, ou du moins je tâcherai de m'en rapprocher le plus possible. Comme vous l'avez sans doute remarqué, on n'a vu que très peu de neige pour l'instant.

Isobel se mordit la lèvre et se détourna.

— Vous finissez toujours par obtenir ce que vous voulez, n'est-ce pas ? dit-elle d'une voix tremblante, sans qu'on sache si c'était dû à la colère ou à la peur. Vous avez l'argent, la beauté et un titre et savez vous en servir à merveille !

Sur quoi, elle quitta la pièce d'un pas vif, sans un regard.

Vespasia resta seule. Les reproches d'Isobel ne pouvaient être justifiés ! Était-elle à ce point gâtée et coupée de la réalité ? Certes, elle ne pouvait ignorer qu'elle était une femme magnifique. Si le miroir n'avait pas suffi à lui en faire prendre conscience, la jalousie des femmes et l'admiration des hommes s'en seraient chargées. C'était fort agréable — elle ne pouvait le nier —, mais cela en valait-il la peine ? D'ici à quelques années, son éclat se fanerait, et ceux qui ne l'appréciaient que pour ce seul atout l'abandonneraient pour la Vénus du moment, plus jeune et plus fraîche.

Certes, elle avait de l'argent. Elle reconnaissait n'avoir jamais manqué de rien. Et son titre ? Exact aussi. Il lui ouvrait des portes qui pour d'autres resteraient toujours fermées. Était-elle gâtée ? L'imagination et la compassion lui faisaient-elles défaut ? N'ayant jamais été mise à l'épreuve, manquait-elle de force ?

Non, c'était faux ! Rome l'avait poussée dans ses derniers retranchements. Elle aurait tout donné pour rester là-bas avec Mario malgré leurs divergences idéologiques : lui était républicain, et elle monarchiste. Il possédait la passion et la flamme des révolutionnaires, alors que de son côté elle chérissait les vieilles et belles traditions qui avaient fait leurs preuves au fil des siècles. Ce qui ressortait de cette aventure, c'était le rire de Mario, sa chaleur, son courage d'idéaliste. Comme ce caractère était à l'opposé de la douceur ordinaire et dépourvue d'imagination de son mari, qui lui laissait toute sa liberté mais ne parvenait pas à combler le vide de son âme !

Quoi qu'il en soit, tout cela ne concernait pas Isobel, qui n'en saurait jamais rien. C'était son voyage expiatoire, pas celui de Vespasia.

Elles partirent tout de suite après le petit déjeuner, avec l'aide des gens de Mrs. Naylor, qui les accompagnèrent en cabriolet à Inverness, puis au-delà, jusqu'à l'extrémité orientale du Loch Ness, où elles pourraient louer une barque. De là, elles longeraient la rive de ce lac bordé de montagnes escarpées, qui semblait une immense faille remplie d'eaux insondables luisantes comme l'acier. Durant tout le trajet en cabriolet, elles ne s'étaient presque pas parlé, assises côte à côte, le visage battu par le vent, les jambes emmitouflées dans un plaid.

— Fort Augustus se trouve à trente miles d'ici, déclara le marinier en secouant la tête quand elles montèrent à bord. Ensuite, il faut remonter le canal sur encore trente bons miles avant d'atteindre Fort William, sur la côte.

Les yeux plissés, il observa le ciel.

— Dans l'ouest, on dit toujours que si on voit les collines, c'est la pluie assurée.

— Et si on ne les voit pas ? demanda Isobel.

— C'est qu'il pleut déjà, répondit-il en souriant.

— Dans ce cas, mieux vaut ne pas traîner, rétorqua-t-elle d'un ton vif. Si pour l'instant il fait beau, c'est qu'il va bientôt pleuvoir !

— Exact. Vous êtes sûre de vouloir y aller ?

Sans un regard à Vespasia, Isobel confirma que oui, et elle accepta l'aide du batelier pour s'installer à la poupe de la petite embarcation, dont la plus grande partie était ouverte à tous les vents. C'était pour elles la seule façon d'entamer leur voyage.

Ils s'avancèrent dans les eaux plus propices à la navigation, mais sans trop s'éloigner de la rive septentrionale, comme si le centre du lac promettait d'être le théâtre de tempêtes subites. En effet, des bourrasques sorties de nulle part soufflèrent à plusieurs reprises. Au départ, l'eau scintillait de reflets argentés éblouissants, et les flancs des montagnes resplendissaient de verts vifs. Soudain, tout s'obscurcit, les sommets furent ensevelis sous un linceul de nuages, et le lointain fut voilé par d'impénétrables rideaux de pluie grise.

S'étant abritées dans la minuscule cabine, elles furent bringuebalées d'un bord à l'autre par le tangage et le roulis. Elles restèrent silencieuses, les mâchoires serrées, tremblant de froid.

Vespasia maudit ce qui l'avait poussée à venir jusque-là : son orgueil, Isobel et sa langue de vipère, Omegus et ses idées de rédemption, et enfin Gwendolen, qui avait voulu épouser un homme aussi superficiel que Bertie Rosythe et s'était effondrée quand elle avait vu clair en lui.

— Vous croyez que Gwendolen était encore amoureuse de Kilmuir? demanda-t-elle à Isobel quand le déluge cessa.

Autour d'elles, tout était redevenu scintillant; le lac, aussi plat qu'un miroir, ressemblait en son centre à un brasier de lumière, les monts étaient noirs comme le basalte, et des traînées de pluie assombrissaient l'horizon.

Surprise, Isobel la dévisagea.

— Vous voulez dire qu'elle s'en serait aperçue ce soir-là et que son chagrin aurait refait surface? demanda-t-elle d'une voix où transparaissait l'espoir.

— La connaissiez-vous bien?

Isobel réfléchit quelques instants. Elles passèrent devant un château construit au bord de l'eau qui, dans ce décor montagneux, avait un côté théâtral.

— Un peu, répondit-elle. Je sais que sous son air gai se cachait une grande tristesse. Cela dit, elle était veuve. Je sais ce que c'est. Qu'on ait aimé son mari à la folie ou pas, on se sent parfois très esseulée.

Vespasia ressentit un accès de culpabilité.

— Je comprends.

Isobel n'avait pas besoin de savoir que ce manque la touchait aussi, qu'elle ressentait une autre sorte de solitude, une soif qu'elle n'avait jamais pu étancher, sauf lors de brefs moments périlleux, en partageant une cause commune avec l'être aimé, pendant une période vouée à rester éphémère.

— Pour tout vous dire, Kilmuir était un mufle, d'après moi, reprit Isobel d'un air songeur. Je suis sûre qu'il ne valait pas mieux que Bertie Rosythe. Enfin, bon, c'est normal de ne se souvenir que des traits positifs de quelqu'un après sa mort.

Vespasia lut le doute sur son visage et crut déceler en elle une certaine culpabilité. Après cette remarque, Isobel ne soutint pas une seule fois son regard et n'évoqua plus jamais ce sujet.

Ils passèrent la nuit sur la terre ferme, reprirent la route dès le lendemain matin et atteignirent Fort Augustus dans la soirée. Au lever du soleil, elles changèrent d'embarcation pour amorcer la descente du canal. Le froid mordant, le sentiment de claustrophobie sur cette longue barge étroite et l'idée de s'éloigner de plus en plus d'une région qui leur était plus familière, ne fût-ce que de réputation, atténuèrent en partie la tension qui régnait entre elles. Ce qui primait pourtant, c'était l'appréhension due à la perspective de rencontrer Mrs. Naylor. Elles discutèrent afin de briser le silence de ces immensités et de conjurer la singularité de leur situation. Elles se rapprochèrent l'une de l'autre pour trouver un peu de chaleur, partagèrent la nourriture qu'on leur offrait et rirent avec embarras du côté peu commode des exigences de la nature. Pour passer le temps et se dégourdir les jambes pendant les longs moments ennuyeux où ils franchissaient une écluse, elles descendaient de la péniche pour faire les cent pas dans le vent cinglant et observer les cimes blanches des hauteurs.

Dans la soirée du quatrième jour de voyage depuis Inverness, elles arrivèrent à Fort William, où de nouveau elles trouvèrent un hébergement. Tremblant de froid et d'épuisement, elles étaient trop accablées pour réfléchir à la façon dont elles rejoindraient ensuite Ballachulish. Elles se pelotonnèrent près du feu afin de se réchauffer.

— Qu'est-ce qui a pris à Mrs. Naylor de venir ici, au nom du ciel ? demanda Isobel, dépitée, en frictionnant ses mains tendues vers les flammes. Et d'y rester un an et demi, en plus ? Pas étonnant que Gwendolen n'ait jamais parlé d'elle. Elle devait être terrifiée à l'idée qu'on découvre que sa mère était folle !

— Elle n'en a jamais parlé ? s'étonna Vespasia, bien que le commentaire d'Isobel lui parût plutôt sensé.

Elle-même s'était déjà demandé pourquoi Mrs. Naylor ne préférait pas sa splendide demeure de Muir of Ord. Si l'on désirait vivre en reclus, cet endroit était déjà bien assez isolé !

— Jamais, répondit Isobel avec franchise. Avouez que c'est surprenant.

Vespasia eut une nouvelle révélation : elle n'avait jamais remarqué auparavant qu'Isobel connaissait aussi bien Gwendolen. En fait, Isobel en savait bien plus qu'elle n'avait voulu l'admettre, et son désir d'obtenir l'affection de Bertie Rosythe était peut-être plus profond qu'il n'y paraissait.

— En effet, reconnut Vespasia. C'est assez surprenant.

Elle se demandait pourquoi Mrs. Naylor n'avait pas accompagné Gwendolen pour la chaperonner et l'aider de son mieux à trouver un second mari dès que les convenances l'auraient permis.

Isobel voulut approcher encore un peu plus son fauteuil du feu, mais se ravisa quand elle se rendit compte qu'elle se retrouverait presque les pieds dans l'âtre et que ses jupons seraient alors à la merci de la moindre flammèche.

— J'appréhende beaucoup de rencontrer cette femme. Croyez-vous qu'elle puisse être dangereuse ?

Vespasia réfléchit au besoin de mener leur voyage à terme, où qu'il les conduise, et à sa soif grandissante de vérité quant aux raisons qui avaient poussé Gwendolen à se donner la mort. Elle commençait à craindre de n'avoir vu à Applecross que la partie émergée de l'iceberg. Plus elle y songeait, moins la pique cruelle d'Isobel lui paraissait un motif suffisant.

— C'est possible, répondit-elle. Que disait Gwendolen de sa famille si elle ne mentionnait jamais sa mère ?

— Très peu de chose. Il n'y en avait que pour Kilmuir, et elle évoquait seulement à quel point il lui manquait. Bien entendu, elle ne parlait jamais de l'accident, ce qui semblait normal. Ç'aurait été de très mauvais goût, pénible pour elle et gênant pour tous les autres.

Prise d'un frisson, elle resserra sa cape autour de ses épaules.

— Je dois reconnaître qu'en de telles circonstances j'aurais agi comme elle. Je n'ai rien à lui reprocher. Je trouve étrange qu'elle n'ait jamais parlé de sa mère, c'est tout. Bref, si cette dernière est folle à lier, ça expliquerait tout.

Elle se frotta le front.

— Devons-nous vraiment continuer ?

— Vous avez envie de renoncer ?

Isobel fit une moue contrite.

— J'en ai eu envie dès notre départ, mais pas autant que maintenant, croyez-moi. Pourtant, puisqu'on touche au but, je détesterais avoir accompli tout ce trajet pour rien.

Elle sourit, et l'espace d'un instant ses yeux se firent brillants.

— Quand je suis sur le point de m'effondrer, je pense à la fureur de Lady Warburton et de Blanche Twyford qui seront obligées de me pardonner, et ça me donne du courage.

Vespasia comprenait son sentiment. L'idée de voir Lady Warburton se montrer courtoise et ravaler ses jugements lui avait plus d'une fois réchauffé le corps et redonné de l'allant.

Elle sourit.

— Et Kilmuir, comment était-il ?

Isobel se détourna, et une ombre s'immisça de nouveau entre elles.

— Je n'en sais rien.

— Oh si, vous le savez, insista Vespasia. Vous connaissiez Gwendolen bien mieux et depuis bien plus longtemps que vous ne me l'avez laissé entendre.

Isobel lui lança un regard plein de défi.

— Et alors, en quoi cela vous concerne-t-il ? Je vais expier ma faute, ça ne vous suffit pas ? C'est vous la mieux placée pour voir ce que ça me coûte !

Elle prit une profonde inspiration.

— C'est pour ça que vous m'accompagnez ? Pour vous assurer que je vais bien jusqu'au bout ? C'est la mission que vous a confiée Omegus Jones ?

Cette accusation était si injuste que Vespasia fut prise de court.

— Si je suis venue, c'est parce que d'après moi ce voyage risquait d'être long et pénible, voire dangereux, que son terme serait l'étape la plus difficile et que vous auriez sans doute besoin d'une amie. Si c'est moi qui avais dû m'en acquitter, je n'aurais pas voulu le faire seule. Et puis Omegus ne m'a confié aucune mission.

Isobel fut submergée par la honte.

— Je vous demande pardon, dit-elle d'une voix rauque. Je n'ai jamais été capable d'une telle preuve d'amitié. J'ai du mal à croire que vous puissiez vous donner tant de mal pour moi. Qu'est-ce qui vous y pousse ? Je... je ne pense pas que moi je l'aurais fait.

Elle détourna le regard.

— Enfin, vous n'aurez jamais besoin de moi de cette manière, bien sûr.

Vespasia fut tentée de lui dire la vérité, de lui parler du fardeau qu'elle portait, non seulement celui de la solitude mais aussi, si elle se montrait honnête, de la culpabilité et de la peur. Elle avait enterré ses souvenirs de Rome, de la passion, de la joie intime à ne pas être seule dans ses rêves. Elle s'était efforcée de ne plus espérer une relation avec un homme qui la comprendrait sans même qu'elle ait besoin de parler, qui comblerait chez elle un manque tout en en créant d'autres, et s'était interdit de repenser à l'exaltation que l'on ressentait en luttant corps et âme pour une cause. Elle était retournée à ses devoirs, aux bavardages mondains sur des kyrielles de sujets sans intérêt. À présent, elle se retrouvait avec Isobel, dont elle savait très peu de chose, et qui la connaissait encore moins, à partager les difficultés extérieures d'un voyage éprouvant, séparées par un fossé infranchissable concernant son but intrinsèque, puisqu'elle n'avait plus aucune croisade à mener. La seule bataille qu'elle devait livrer, c'était contre l'ennui, et cette lutte ne s'achevait jamais par une victoire, seulement par un autre jour à remplir avec des passe-temps qui ne lui apportaient rien.

— Vous ne pouvez pas savoir si j'en aurai besoin ou pas, répondit-elle d'une voix posée. Vous ne savez rien de moi, sauf ce que vous voyez en surface, c'est-à-dire ce que je veux bien montrer, comme tout un chacun.

Isobel parut ébranlée. Il ne lui était jamais venu à l'idée que Vespasia puisse être plus que la jeune femme parfaite dont elle renvoyait l'image.

Le feu commençait à faiblir. Le vent plaquait la pluie contre les vitres et gémissait sous les avant-toits. À moins qu'il se calme, le trajet en barque jusqu'à Ballachulish allait être rude, mais à cette période de l'année, il pouvait s'écouler des jours, voire des semaines, avant la prochaine belle journée. Attendre n'était pas envisageable.

Isobel semblait songeuse.

— Pourquoi avez-vous dit cela à Gwendolen? s'enquit Vespasia. Vous l'avez accusée à mots couverts d'avoir le choix entre les domestiques et les gentlemen, et de préférer ces derniers pour des motifs d'argent et d'ambition.

Malgré la pénombre, elle vit rougir Isobel. Plusieurs secondes s'écoulèrent avant qu'elle réponde, et elle le fit sans regarder Vespasia.

— Je sais bien que c'était cruel. C'est sans doute pour cette raison que j'accomplis ce périple ridicule, sinon, quand nous avons appris que Mrs. Naylor était absente, j'aurais posté la lettre et dit que j'avais fait de mon mieux.

Elle frissonna.

— Non... c'est faux, avoua-t-elle. Si je le fais, c'est parce que je ne survivrai pas dans la bonne société si je n'honore pas ma promesse, et que je n'ai nulle part ailleurs où aller, nulle part où je sache comment me comporter.

— Pourquoi avez-vous tenu ces propos ? la pressa Vespasia.

— À cause des commérages. C'est sans doute stupide, mais je les ai entendus plus d'une fois.

Vespasia attendit la suite.

— Vous ne me dites pas tout, commenta-t-elle.

Isobel se mordilla la lèvre.

— On ferme toujours les yeux quand un homme couche avec une ou deux soubrettes, tant qu'il reste discret sur ses aventures. Une femme, elle, serait détruite si on lui découvrait une liaison avec un domestique. On la traiterait de catin. Son mari la renierait, et personne ne le lui reprocherait.

Vespasia n'en croyait pas ses oreilles.

— Êtes-vous en train de me dire que Gwendolen Kilmuir a couché avec un valet ? Elle devait avoir perdu la raison ! Plus encore que sa mère !

Isobel leva enfin les yeux vers elle.

— Non, je n'insinue rien de tel, mais des rumeurs couraient à ce sujet. En fait, je crois que c'est Kilmuir en personne qui les avait lancées.

Comme torturée par une profonde douleur, elle ferma les yeux.

— De son côté, il s'intéressait de très près à Dolly Twyford, la sœur cadette de Fenton.

— Je croyais qu'elle n'était pas mariée ! s'exclama Vespasia, perplexe.

Dans certains cercles, on acceptait qu'une femme

mariée, lorsqu'elle avait donné assez d'enfants à son mari, cède à ses envies, et on n'y trouvait rien à redire à condition qu'elle agisse avec assez de discrétion. En revanche, si une célibataire fréquentait un homme, c'était une autre histoire. Cela pouvait ruiner sa réputation et lui interdire tout mariage convenable.

— Non, elle ne l'était pas, reconnut Isobel. C'était bien là le problème. Le bruit a couru que Gwendolen se comportait de manière si scandaleuse qu'il comptait divorcer d'elle et épouser Dolly.

— Ils étaient amoureux ?

— Amoureux de quoi ? fit Isobel d'un air moqueur. Dolly voulait obtenir une position dans la bonne société et le titre qui allait revenir à Kilmuir ; lui, de son côté, voulait des enfants. Au bout de six ans de mariage avec Gwendolen, il n'en avait toujours pas. Il commençait à s'impatienter. D'après les potins, en tout cas. Et je le savais, conclut-elle d'une voix étouffée.

Vespasia resta silencieuse. Minimiser la gravité de son acte ne servirait à rien. Une telle cruauté exigeait une pénitence, et toutes les deux en avaient une conscience aiguë. Mais ce qui la taraudait surtout, c'était le nouveau portrait de Gwendolen qui émergeait de ces révélations. Bertie Rosythe avait-il entendu ces rumeurs, lui aussi ? Était-ce la raison pour laquelle il n'avait pas cherché à la rassurer quant à son amour pour elle ? L'avait-il au contraire rejointe pour lui signifier qu'il n'avait aucune intention de lui demander sa main ? Gwendolen s'était-elle vue perdue, condamnée à ne jamais se remarier ?

Ou pis encore, ces rumeurs étaient-elles fondées ? Voilà qui soulevait une question des plus déplaisantes : la mort de Kilmuir avait-elle été fort opportune pour Gwendolen, effaçant d'un coup d'éponge la menace d'un divorce houleux qui aurait terni sa réputation ? Au lieu de cela, elle était devenue veuve, avait bénéficié de la sympathie générale et gardé toutes les chances de se remarier un jour. Heureusement, c'était sa mère, et non Gwendolen, qui se trouvait dans la voiture avec Kilmuir.

Elles n'abordèrent plus ce sujet. Le sommeil les attirait dans ses bras apaisants. Toutes les deux se réjouissaient d'oublier leurs soucis jusqu'au lendemain, quand il faudrait de nouveau affronter les éléments et tenter de gagner Ballachulish.

Le voyage fut éprouvant. Un vent d'ouest violent forçait le batelier à louvoyer le long de la côte sur une mer agitée, aussi Isobel et Vespasia furent soulagées d'accoster enfin dans le petit village de Ballachulish et de poser le pied sur la terre ferme. Elles traversèrent la route qui longeait l'enceinte du port et, tête baissée pour se protéger des rafales de neige fondue, leurs jupons violentés par le vent, avancèrent vers l'auberge. Elles se renseignèrent auprès de l'aubergiste pour savoir où trouver Mrs. Naylor, mais sa réponse les plongea dans un état proche du découragement.

— Ah, je suis désolé, mais ça fait pas loin d'un an que Mrs. Naylor a quitté Ballachulish !

— Quoi ? s'étonna Isobel. Mais c'est impossible ! Ses gens de maison à Inverness nous ont dit que nous la trouverions ici !

— Oui, ç'a été vrai à une époque, reconnut-il, mais à la Noël, ça fera un an qu'elle est partie. Une grande dame, que c'était. J'ai jamais connu une femme aussi courageuse, même si elle était anglaise comme vous.

Isobel déglutit.

— Où est-elle allée ? Vous le savez ?

— Oui, je le sais. Elle s'est installée dans la région de l'Orchy, de l'autre côté de la vallée et de la lande. Vous pourrez pas l'y rejoindre avant mai, par contre. Même au printemps, le voyage n'a rien de drôle. Il vous faudra des chevaux. La grand-route passe juste à côté avant de continuer vers le sud.

Vespasia perçut chez Isobel les premiers signes du désespoir.

Sachant ce qui l'attendait à Londres si elle échouait, elle ressentit à son égard de la pitié. Ses juges n'auraient que faire des raisons qu'elle invoquerait et ne se soucieraient pas de savoir si eux auraient agi différemment. Ils cherchaient des excuses et s'accommoderaient de n'importe laquelle. Puis elle songea à Mrs. Naylor. Folle à lier ou pas, quelle que soit la raison qui l'avait poussée à s'installer ici puis à partir plus loin encore, elle méritait d'apprendre la mort de sa fille de vive voix et non par lettre six mois après le drame.

— La difficulté ne m'effraie pas, dit-elle à l'aubergiste. Est-il possible de s'y rendre maintenant avec de bons chevaux ?

L'homme réfléchit un instant.

— Oui, répondit-il enfin. Vous savez monter, j'imagine ?

Vespasia se tourna vers Isobel, qui hocha la tête.

— Tout à fait. Je l'ai fait très souvent, à Londres.

— Il vous faudra un guide, alors, les prévint-il.

— Bien entendu, acquiesça Vespasia. Voudrez-vous bien nous en trouver un, au prix qui vous semblera juste ?

Isobel cligna des paupières mais ne protesta pas.

Le lendemain matin, elles prirent la route en compagnie d'un homme grisonnant, un dénommé MacIan. Tous trois étaient pourvus d'un robuste poney des Highlands et trois autres s'y ajoutaient pour porter bagages et vivres.

— Ne vous éloignez pas, les mit en garde leur guide, en posant sur elles un regard sceptique. J'aurai pas le temps de vous dorloter, alors si vous avez un problème, criez, restez pas plantées là en espérant que je m'en apercevrai. Je serai occupé à guider nos poneys sur la piste, et puis surtout il faudra que j'arrive à la trouver, si le temps se gâte.

Il contempla le ciel qui projetait une lumière éblouissante sur les hauteurs et se couvrait par intermittence de nuages violacés ou noirs. De l'écume se formait sur l'eau agitée de l'écluse. Le vent glacial, chargé d'iode et de l'odeur piquante des algues, fouettait la peau et le sang.

Isobel lança un regard à Vespasia. Pour une fois, elles se comprirent sur-le-champ. L'orgueil leur interdisait de renoncer.

— Bien sûr, acquiescèrent-elles.

Quand MacIan fut convaincu de leur sincérité, ils quittèrent le village par la route qui traversait les montagnes de plus en plus escarpées en direction de la grande vallée où s'était déroulée la tuerie la plus perfide de l'histoire de l'Écosse. Pendant l'hiver 1692, les Campbell, invités des MacDonald, s'étaient levés dans la nuit pour massacrer leurs hôtes, hommes, femmes et enfants, par dévouement pour le roi d'Angleterre, Guillaume d'Orange.

Elles voyagèrent en silence. Quand bien même auraient-elles eu l'envie de parler malgré la splendeur du paysage et les efforts requis pour monter en file indienne, la force du vent rendait toute conversation impossible.

Vers une heure, ils s'arrêtèrent pour laisser leurs montures se reposer et en profitèrent pour manger, en partie abrités par une proéminence rocheuse contre laquelle Vespasia s'adossa et contempla le panorama. De toute part, des montagnes déchiquetées perçaient le ciel. Certaines étaient sombres et couvertes de bruyère, leurs pics semblables à des crocs dans le crâne de quelque bête gigantesque abandonnée là depuis la nuit des temps. L'odeur de la neige aiguisait le tranchant du vent. C'était une terre de cerfs et d'aigles dorés, d'étendues d'eau noire comme la tourbe, d'avalanches et de tempêtes de neige. Il s'en dégageait une majesté, une impression de terreur et une beauté qui s'imprimaient à jamais dans l'esprit de quiconque les traversait.

Ils reprirent leur route et s'aventurèrent encore plus haut. Le jour déclina vite, et ils s'arrêtèrent dans un petit refuge dressé au milieu des aspérités rocheuses, presque invisible dans la pénombre du crépuscule. La cabane offrait peu de confort à part un abri contre les éléments, à la fois pour eux trois et leurs poneys. Vespasia s'en réjouit. Elle n'aurait jamais laissé un animal à la merci de la tempête qui menaçait, et encore moins ceux dont leur vie pouvait dépendre.

— Mrs. Naylor doit être bonne pour l'asile d'aliénés, déclara Isobel d'un air sévère alors qu'elle s'apprêtait à se coucher tout habillée.

Le seul confort qu'elle s'accorda fut d'ôter ses épingles à cheveux.

— D'ailleurs, je commence à penser que nous le sommes aussi.

Vespasia ne put que lui donner raison. Plus ce voyage se prolongeait, plus elle s'inquiétait du genre de femme qu'elles allaient rencontrer, et plus elle s'interrogeait sur la nature véritable du mariage de Gwendolen et Kilmuir, et sur la façon dont était mort ce dernier. Pourquoi Gwendolen n'avait-elle jamais parlé de sa mère ? Quelle était la raison de ce qui ressemblait fort à une brouille ?

Ni l'une ni l'autre ne dormit bien. Il faisait trop froid et les couchettes en bois étaient trop dures. Ce fut un grand soulagement quand le jour se leva et qu'elles purent prendre un petit déjeuner de porridge salé et de thé brûlant, sans lait, et repartir.

Dehors, elles furent stupéfaites de découvrir un monde totalement différent. Il avait neigé pendant la nuit, le ciel s'était dégagé, et la lumière était aveuglante. Le soleil miroitait sur des rubans d'eau qui tombaient en cascade sur les parois, s'écrasaient sur la pierre et rebondissaient en formant de l'écume. Un aigle, point noir se détachant sur l'immensité bleue, se laissait porter par le vent.

Ils voyagèrent toute la journée, ne s'arrêtant que pour ménager les poneys. Vespasia avait chaque muscle et chaque os de son corps endoloris tant cet exercice inhabituel la fatiguait ; elle savait qu'Isobel souffrait sans doute autant, mais aucune d'elles ne l'admettrait, tout en sachant ne tromper personne, et surtout pas MacIan — ce n'était qu'une question de maîtrise de soi. La moindre plainte en entraînerait une autre et risquerait de réveiller la tentation de renoncer.

Dès lors qu'elles l'évoqueraient, l'abandon deviendrait une possibilité, ce qu'il fallait à tout prix éviter. Elles préférèrent donc se concentrer sur le chemin, quelques mètres à la fois, visant le prochain virage, le prochain bout de route.

Puis, juste avant le crépuscule, la vallée s'ouvrit sur la vaste étendue de Rannoch Moor, parsemée de parcelles sombres de bruyère, de tourbières et de mares qui brillaient d'une lueur cuivrée dans la lumière déclinante. Au loin, dans le ciel, le turquoise passait à un bleu des plus clairs avant de s'effacer devant la marche implacable des ombres de la nuit.

Nul ne prononça un mot, mais Vespasia se demanda si Mrs. Naylor était si folle que ça, après tout. Vivre là devait procurer une quiétude inimaginable à Londres.

Elles trouvèrent un refuge, mais le froid était si rude qu'au réveil leurs courbatures, encore légères la veille, s'étaient accentuées et les faisaient souffrir à chaque mouvement. Vespasia avait besoin de toute sa concentration rien que pour rester sur son poney et regarder où elle allait. Elle avait mal à la tête à force de serrer les mâchoires et se crispait sous l'effet du froid. Ne pas se plaindre était devenu une question d'honneur, presque une condition de survie.

À l'horizon apparurent des nuages qui s'élevaient en volutes, embrasés de lumière, comme si une explosion avait eu lieu au-delà de leur champ de vision. Puis ils furent suivis sur-le-champ par des bourrasques de pluie battante qui se transforma en neige fondue, en flocons de glace qui piquaient la peau. Vespasia, Isobel et leur guide se recroquevillèrent sur leurs montures et s'enfoncèrent tête baissée dans la tempête. Rien n'en brisait la force, rien ne les en protégeait. Ils durent avancer avec précaution, un pas après l'autre.

Quand le ciel se dégagea tout aussi soudainement, ils purent accélérer.

— Il faut que nous ayons atteint le Glen Orchy avant la nuit, déclara MacIan d'un ton maussade. D'ici là, il n'y a nulle part où s'abriter, et l'Orchy, c'est pas une rivière près de laquelle il fait bon s'arrêter si on n'a pas une maison ou un refuge pour se protéger.

Vespasia ne prit pas la peine de demander pourquoi : son imagination lui fournit une dizaine de réponses. Que Mrs. Naylor soit folle ou pas, elle se disait de plus en plus que la trouver et s'acquitter de leur devoir allait être un grand soulagement. Rien ne pouvait être pire que l'épreuve qu'elles enduraient en ce moment. Leur périple se révélait digne d'un cauchemar. Les Vikings avaient peut-être raison : l'enfer devait être une étendue glaciale infinie battue par des vents rugissants, un voyage sans fin pendant lequel on devait avancer sans cesse malgré la douleur.

Sauf que l'enfer ne pouvait être d'une beauté aussi époustouflante.

Devant elle, Isobel tanguait sur sa selle, et elle-même eut plus d'une fois peur de tomber, mais au crépuscule elles aperçurent enfin des lumières. Il s'écoula une heure interminable et éreintante avant qu'ils les atteignent et arrivent devant les fenêtres d'une vaste demeure, bien trop grande pour n'abriter qu'une seule famille.

On avait dû les voir arriver car la porte s'ouvrit en grand lorsque les sabots de leurs montures claquèrent dans la cour ; un homme de belle carrure et au visage buriné apparut, tenant une lanterne haut devant lui.

— Eh ben, c'est toi, MacIan? Qu'est-ce que tu fiches dehors par une nuit pareille? Qui c'est que tu nous amènes? Des dames, hein? Allez, entrez donc. Andrew et Willie vont s'occuper de vos poneys.

— T'as raison, Finn, tu parles d'un temps! fit MacIan d'un air bonhomme, avant de mettre pied à terre avec aisance et d'aller aider Isobel et Vespasia à faire de même.

Vespasia se rendit compte avec horreur qu'elle tenait à peine debout, et sans la main de leur guide elle aurait perdu l'équilibre.

Deux jeunes gens sortirent de la maison, lui adressèrent un signe de tête timide et emmenèrent les poneys. À l'intérieur, il régnait une chaleur providentielle. Vespasia fut si soulagée qu'elle en eut le tournis. Elle ôta sa cape trempée et s'essuya le visage avec la serviette propre et rêche qu'on lui tendit — alors seulement elle se détourna et vit la femme qui l'observait avec intérêt depuis l'embrasure de la porte. Aussi grande qu'elle, elle avait des cheveux cuivrés noués par simple commodité en un chignon négligé. Elle avait le regard vif, le visage intelligent et, à sa manière, séduisant. Avant même qu'elle prenne la parole, Vespasia sut qu'elle se trouvait en présence de Mrs. Naylor.

Elle se tourna alors vers Isobel, qui paraissait figée, comme si tout courage l'avait abandonnée au moment crucial. La traversée de la lande avait épuisé toutes ses ressources.

Vespasia s'avança vers la femme.

— Mrs. Naylor ? Je m'appelle Vespasia Cumming-Gould, et voici mon amie Isobel Alvie. Veuillez nous pardonner d'arriver si tard sans avoir prévenu.

Nous avions sous-estimé les difficultés du voyage depuis Inverness.

— Beatrice Naylor, répondit la femme, un sourire franc aux lèvres. C'est le cas de tout le monde, la première fois. Mais c'est une expérience qui reste à jamais gravée dans la mémoire. Qu'est-ce qui vous amène ici en plein mois de décembre ? Ce doit être une affaire de la plus haute importance.

Vespasia se tourna vers Isobel. Elles avaient déjà franchi la porte. Pouvaient-elles accepter l'hospitalité de cette femme, même par une pareille nuit, au bout du monde, en lui répondant par un mensonge ?

Isobel, le visage empourpré à cause de la chaleur soudaine, avait malgré tout le pourtour des yeux et des lèvres livide. Le moment de l'épreuve ultime, de loin la plus difficile et de laquelle dépendait tout le reste, était arrivé.

Vespasia s'aperçut qu'elle retenait son souffle et serrait les poings. Elle ne pouvait lui apporter aucune aide. Si elle intervenait, elle volerait à Isobel toute chance de se racheter.

Mrs. Naylor attendait.

— En effet, répondit Isobel d'une voix faible et tremblante, en avalant à demi ses mots. Rien ne m'a jamais été plus difficile que de venir vous annoncer la mort de votre fille Gwendolen. Je dois aussi avouer, à ma grande honte, que je suis en partie responsable de ce drame.

Elle lui tendit l'enveloppe.

— Voici la lettre qu'elle vous a écrite.

Le voyage l'avait un peu froissée, mais le sceau était resté intact.

L'homme qui leur avait ouvert la porte alla en silence auprès de Mrs. Naylor et la prit par l'épaule pour la soutenir. Il le fit avec le plus grand naturel, comme si le contact physique entre eux était une affaire entendue. On lisait sur son visage beaucoup de tendresse, mais il ne prononça pas un seul mot.

La douleur que charriait le silence parut palpable tant celui-ci s'éternisa.

— Comment est-ce arrivé ? demanda enfin Mrs. Naylor.

Elle fixait Isobel presque sans ciller, comme si elle parvenait à sonder son âme à la recherche d'une vérité qu'elle-même n'osait pas voir.

Isobel tenta de se soustraire à ce regard inquisiteur, sans y parvenir.

— C'était à Applecross, commença-t-elle d'un ton incertain. Nous étions conviées à une longue réception, qui devait durer une bonne semaine. J'ignore si vous...

— Je vois tout à fait de quoi vous parlez, Mrs. Alvie, répliqua Mrs. Naylor d'un ton froid. Inutile de m'expliquer les pratiques de la bonne société. Comment ma fille est-elle morte et qu'avez-vous à vous reprocher dans ce malheur ? J'aurais pu croire vos paroles motivées par la seule compassion, mais je vois à votre visage que vous portez d'une manière ou d'une autre une véritable part de responsabilité.

Elle lança un bref regard à Vespasia.

— Êtes-vous impliquée vous aussi, Lady Vespasia, ou n'êtes-vous ici que pour la chaperonner ?

Vespasia fut stupéfaite que Mrs. Naylor ait entendu parler d'elle, comme l'indiquait l'emploi de son titre.

— Mrs. Alvie se sentait le devoir de venir vous prévenir en personne, malgré ce qu'impliquait le voyage jusqu'ici, répondit-elle. En tant qu'amie, je ne pouvais la laisser l'entreprendre seule.

— Quelle loyauté !... murmura Mrs . Naylor. À moins que vous ne partagiez sa culpabilité ?

— Non, pas du tout, intervint Isobel. C'est moi seule qui ai fait cette remarque. Lady Vespasia n'est responsable de rien.

Mrs. Naylor cligna des paupières.

— Quelle remarque ?

Finn tenta de s'interposer mais Mrs. Naylor le fit taire d'un geste autoritaire.

— Je veux savoir de quoi il s'agit ! Vous me connaissez trop bien pour craindre que je m'évanouisse. Alors, Mrs. Alvie, qu'est-il arrivé à ma fille ?

Isobel prit une profonde inspiration tremblante. Elles se trouvaient encore dans le vaste vestibule. Nul n'avait bu ou mangé quoi que ce soit.

— Pendant la nuit, après que nous nous sommes tous retirés, elle est allée se jeter du petit pont qui se trouve au bout de l'étang d'agrément, répondit Isobel. Nous ne l'avons appris que le lendemain matin.

Finn saisit Mrs. Naylor par les bras, mais, bien qu'elle fût livide, elle ne vacilla pas et ne s'appuya pas davantage contre lui.

— Et de quelle manière êtes-vous responsable de son acte, Mrs. Alvie ?

Personne dans la pièce ne bougea. On ne lui accorderait aucune pitié.

— Nous croyions tous que Bertie Rosythe allait la demander en mariage avant la fin du séjour, expliqua Isobel d'une voix rauque. J'ai insinué qu'elle ne se serait pas intéressée à lui s'il avait été pauvre ou domestique. C'est par jalousie que j'ai agi, car, étant veuve moi aussi, j'espérais me remarier, si possible avec Mr. Rosythe.

Elle poussa un soupir.

— J'étais loin de me douter que mes paroles auraient de telles conséquences, mais je reconnais mon tort. Il semblerait que Bertie ne soit pas allé la rassurer. Je... je ressens une profonde honte.

Elle eut le courage de ne pas détourner le regard.

— Je devine sans mal pourquoi vous avez choisi de lui porter cette attaque-là, déclara Mrs. Naylor d'une voix calme et claire. Votre visage vous trahit : vous aviez entendu les rumeurs et connaissiez le point faible de ma fille. Ne vous discréditez pas en le niant, je vous prie.

— Je n'en avais pas l'intention, déclara Isobel, les yeux emplis de larmes.

Vespasia, qui se demandait si c'était vrai, se réjouissait que la sincérité de son amie n'ait pas été mise à l'épreuve. Rester là à ne rien faire, impuissante, la rebutait, mais pour avoir de la valeur, la confrontation entre les deux femmes devait se dérouler entre elles seules jusqu'au bout.

— Qui d'autre est au courant ? s'enquit Mrs. Naylor.

— Personne, à ma connaissance, répondit Isobel. À part Lady Vespasia.

Mrs. Naylor se tourna vers cette dernière.

— C'est juste, confirma Vespasia. Mr. Omegus Jones a pris les dispositions nécessaires pour que Gwendolen soit enterrée en privé, dans la chapelle de son domaine, par un pasteur de sa connaissance pour qui ce drame est un accident. Nous devions vous apporter la nouvelle en personne, en contrepartie de quoi les autres convives présents à Applecross seront tenus par serment de garder le secret sur cet événement.

— Ah bon ? En quel honneur ? demanda Mrs. Naylor, dubitative. Les membres de la bonne société raffolent du scandale. Sont-ils donc des saints, tous ces gens ?

Le chagrin et le souvenir amer d'une expérience douloureuse conféraient une certaine dureté à sa voix.

— Pas du tout, répondit Vespasia avant qu'Isobel en ait eu le temps, s'approchant un peu plus du centre de la pièce pour accaparer le regard de Mrs. Naylor. Ce sont des individus des plus ordinaires, aussi égoïstes, ambitieux et fragiles que ceux que vous semblez connaître. Tout le tort revenant d'après eux à Mrs. Alvie, ils étaient prêts à la bannir, avec d'autant plus de plaisir qu'ils auraient eu la morale pour eux.

Mrs. Naylor grimaça mais ne l'interrompit pas. Vespasia bénéficiait de toute son attention. Finn, le feu qui crépitait dans la cheminée et le vent qui battait contre la fenêtre semblaient ne plus exister.

— Mr. Jones a suggéré que nous organisions nous-mêmes un procès, sachant que nous serions tenus d'en respecter le verdict, poursuivit Vespasia. La personne que l'on aurait désignée coupable devrait entreprendre un voyage expiatoire qui, à condition d'être accompli, la laverait de ses fautes. Si elle échouait, alors les autres étaient libres de la mettre à l'écart, de saisir toutes les occasions de la vilipender, de l'exclure de tout événement ou de toute discussion comme si elle avait cessé d'exister. Si elle réussissait, en revanche, quiconque évoquerait plus tard cette tragédie subirait ce même ostracisme.

— C'est brillant, commenta Mrs. Naylor d'une voix posée. Ce Mr. Jones est un homme d'une grande sagesse. L'expiation... ce mot me plaît. Il implique bien plus que le châtiment, ou même que le rachat. C'est une purification. Suis-je liée par ce verdict, moi aussi ? demanda-t-elle, regardant Isobel un bref instant.

— Non, en aucun cas, répondit Vespasia, qui comprit alors l'unique mais terrible faille du plan d'Omegus. Vous n'avez pas prêté ce serment.

Elle eut un petit sourire.

— Qui plus est, si la bonne société vous ignorait, vous n'en souffririez guère. J'ai même l'impression que vous n'en sauriez rien, alors de là à vous en soucier...

— C'est tout à fait juste, convint Mrs. Naylor. Bon, vos explications suffisent pour ce soir. Vous avez accompli un long voyage dans des conditions peu clémentes. Nous avons de la nourriture à profusion et beaucoup de place. En outre, vos poneys ont besoin de repos, que vous soyez fatiguées ou pas, dit-elle en regardant Isobel. Vous aurez peut-être plus de mal à accepter mon hospitalité que moi à vous l'offrir, mais comme vous ne trouverez aucune autre habitation à des lieues à la ronde, cela vaudrait mieux pour vous. Jean va vous montrer vos chambres et vous servir un repas. Quant à moi, je souhaite me retirer pour lire l'ultime lettre de ma fille.

Sur quoi, elle prit Finn par le bras, et tous les deux sortirent sans se retourner.

Isobel et Vespasia n'eurent d'autre choix que de suivre Jean, une femme bien en chair qui s'acquitta de ses tâches en silence.

Lorsqu'elles furent installées et qu'on leur eut apporté leurs bagages, Isobel se présenta à la porte de Vespasia et accepta sans hésiter son invitation à entrer. Elle avait le visage blême et le regard assombri par la détresse.

— Je préférerais presque passer la nuit dans la

lande ! déclara-t-elle d'un ton misérable. Elle le sait ! Que va-t-elle faire demain, à votre avis ? Pourrons-nous partir ?

— Non. Nous sommes tenues de l'accompagner jusqu'à Londres si elle nous y autorise.

Isobel ferma les paupières et serra les poings.

— Je crois que ce sera au-dessus de mes forces ! Sept cents miles, voire plus, avec cette femme ! Je n'ai pas mérité un tel châtiment ! J'ai dit quelque chose d'idiot, une dizaine de mots en tout, rien de plus !

— Votre remarque était cruelle, précisa Vespasia avec calme.

Elle regretta immédiatement sa brusquerie. Isobel avait tout à fait conscience de sa faute. Vespasia n'avait pas le droit d'en exiger des preuves à chaque instant.

— De toute façon, ajouta-t-elle d'un ton plus doux, je ne crois pas que nous puissions repartir d'ici sans l'aide de Mrs. Naylor. Avez-vous la moindre idée de la route à prendre ? Je ne sais même pas où nous sommes. Et vous ?

— J'ai sûrement perdu la tête ! s'exclama Isobel, proche du désespoir. Vous avez raison. MacIan doit être de son côté ; quant à Finn, ça ne fait aucun doute. Qui est-ce, celui-là, d'ailleurs ? Et qu'est-ce que c'est, cet endroit ? Que peut bien y fabriquer Mrs. Naylor, à part vivre dans le péché ?

Vespasia ne releva pas la moquerie.

— Je l'ignore, mais c'est une question intéressante. Pourquoi une femme fortunée choisirait-elle de passer sa vie non seulement à l'écart de la bonne société, mais en plus dans un endroit quasi inaccessible ? Pourquoi n'est-elle pas rentrée à Londres en même temps que Gwendolen, à la mort de Kilmuir ? Ç'aurait été la réaction la plus naturelle.

— La seule réponse envisageable, à mon avis, c'est qu'elles se sont brouillées. Il est possible qu'elle refuse de revenir à Londres, seule ou avec nous.

— Réfléchissez-y pendant la nuit si vous en avez envie, dit Vespasia d'un ton sec. Mais passé demain matin, n'y pensez plus.

Elle lui sourit avec le plus de chaleur qu'elle put trouver en elle.

— Nous devons compter sur son accord, ajouta-t-elle. Imaginez la tête de Lady Warburton. Elle risque de s'étrangler !

Isobel se força à lui rendre son sourire, reconnaissante de sa gentillesse à défaut d'une aide plus concrète, et lui souhaita bonne nuit.

Vespasia comptait réfléchir à cette question troublante une fois seule, mais, sous les couvertures bien chaudes, elle sombra vite dans un sommeil presque dénué de rêves. À son réveil, Mrs. Naylor se tenait au pied de son lit. Elle posa sur la table de chevet le plateau de thé qu'elle tenait à la main, puis s'assit. De toute évidence, elle n'avait pas l'intention qu'on la renvoie avant d'être disposée à s'en aller. Vespasia avait beau être fille de comte, Mrs. Naylor était là chez elle, nul ne pouvait s'y tromper.

— Merci, dit Vespasia avec le plus de calme possible.

— Buvez, répondit Mrs. Naylor. J'ai déjà pris le mien.

Elle lui servit une tasse.

— J'ai lu la lettre de ma fille. Je n'ai aucune intention de vous en relater le contenu, ni à vous ni à

Mrs. Alvie, mais j'aimerais que vous répondiez à quelques questions avant que je vous accompagne en Angleterre.

En temps normal, Vespasia aurait fulminé, mais elle décela chez cette femme tant de douleur et de gravité qu'une réaction aussi égoïste lui parut absurde.

— Je vous éclairerai au mieux, dit-elle en se redressant dans son lit.

Vêtue de sa seule chemise de nuit, les cheveux détachés, elle aurait dû se sentir à son désavantage, mais la franchise de Mrs. Naylor l'en empêchait.

— Quelle véritable motivation vous a poussée à accompagner Mrs. Alvie jusqu'ici ? demanda Mrs. Naylor.

Décontenancée, Vespasia ravala sa réponse toute préparée. Cet endroit sauvage, où la vie et la mort dépendaient du pas d'un poney, des quelques centimètres qui séparaient le chemin sûr du bord de la falaise ou du marécage visqueux et glacé, interdisait ces faux-semblants qui comptaient tant dans la société.

— En ce cas, c'est moi qui vais vous le dire, déclara Mrs. Naylor. Vous craigniez qu'en partant seule elle échoue, que son courage l'abandonne et qu'elle renonce. Pourquoi ? Pourquoi tenez-vous tant à ce qu'elle réussisse ?

Vespasia y réfléchit un instant, puis s'exprima avec une grande certitude :

— Omegus Jones a évoqué ces pèlerinages expiatoires qui se pratiquaient au Moyen Âge. À l'époque, un tel périple était si dangereux que souvent le voyageur y laissait la vie, mais un compagnon pouvait lui témoigner une preuve d'amitié suprême en partant avec lui. Il m'a semblé juste de l'épauler dans cette épreuve, sans doute autant pour moi que pour elle.

Elle se rendit compte à cet instant seulement de la justesse de ses propos. Elle aussi devait laver ses fautes : Rome, les rêves qu'elle n'aurait dû s'autoriser à poursuivre, les transports du cœur contre lesquels elle aurait dû lutter.

— Je vois, dit Mrs. Naylor. Ce Mr. Jones m'a tout l'air d'un homme remarquable.

— C'est vrai, convint Vespasia avec un peu trop d'empressement et de franchise.

Mrs. Naylor sourit.

— C'est là une autre motivation pour vous, à mon avis !

Vespasia se prit à rougir, ce qui ne lui arrivait pas souvent. Si elle n'avait pas toujours la maîtrise de la situation, elle était habituée à garder au moins la maîtrise de soi.

— Celles d'entre nous qui ont laissé libre cours à une de leurs passions ont quelque chose à expier, commenta Mrs. Naylor avec douceur. Les plus à plaindre sont celles pour qui ce n'est pas le cas. Mon père répétait toujours que si on n'a jamais commis d'erreur, c'est sans doute qu'on n'a jamais rien fait du tout. Le moment voulu, Mrs. Alvie le comprendra peut-être. Je partirai avec vous, demain, quand les poneys auront eu le temps de se reposer. J'ai moi aussi mon pèlerinage à entreprendre. Nous emprunterons la grand-route jusqu'à Tyndrum, puis Crianlarich, Loch Lomond et enfin Glasgow, d'où nous prendrons le train pour Londres. Le voyage durera plusieurs jours. Sa longueur dépendra du temps, mais nous devrions arriver à Applecross avant Noël.

Elle se leva.

— Aujourd'hui, occupez-vous à votre guise, mais je vous déconseille de quitter la maison. Vous ne connaissez pas les environs, et l'Orchy est une rivière vorace. Elle jaillit souvent hors de son lit pour voler de nombreuses vies.

— Mrs. Naylor ?

— Oui ?

— Qu'est-ce qui vous retient dans cet endroit ?

Il s'agissait d'une question impertinente, mais Vespasia désirait tant en connaître la réponse qu'elle préférait braver toutes les règles de la politesse.

— C'est une étape de repos au cours de mon périple personnel. Lorsque j'aurai dit adieu à ma fille, il pourrait même s'en révéler le point final. Pourquoi ou comment, cela ne vous regarde pas.

Le dos raide et la tête haute, elle quitta la pièce.

Vespasia devina que l'attrait de Glen Orchy devait beaucoup à Finn, mais elle continua à s'interroger sur les motivations de Mrs. Naylor. Elles avaient discuté des vertus du voyage pour répondre de ses fautes, un terme moins désagréable que « péché », mais qui suggérait davantage que la simple notion d'erreur. Toutes deux savaient qu'en plus du jugement elles parlaient aussi de la morale.

Vespasia but son thé en songeant à la mort effroyable de Kilmuir, aux rumeurs qu'avait entendues Isobel, au silence soudain du jardinier de Muir of Ord, et surtout au visage de Gwendolen quand Isobel l'avait indirectement accusée de pouvoir s'intéresser à un valet.

Le désir d'enfant de Kilmuir était-il si profond qu'il aurait été capable de rejeter Gwendolen, de la traîner dans la boue pour justifier sa décision, de la mettre au ban de la société salie d'une réputation de catin, puis d'épouser Dolly Twyford ?

Son imagination s'emballait. Les possibilités étaient monstrueuses ! Elle songea à ses propres enfants, encore petits, mais qui un jour grandiraient et feraient un bon mariage, par chance avec quelqu'un qu'ils aimeraient. Comment réagirait-elle si sa fille risquait une telle disgrâce ? Elle se représenta Kilmuir conduisant le cabriolet, le cheval qui prend peur, Kilmuir qui perd l'équilibre et tombe, les poignets pris dans les rênes. La réponse lui parut évidente : elle aurait profité de l'occasion pour le pousser et lancer les chevaux plus vite encore — du moins, l'idée lui aurait traversé l'esprit ! Impossible de savoir si elle aurait osé passer à l'acte, et elle espérait de tout son cœur ne jamais connaître la réponse.

Le drame s'était-il déroulé ainsi, sous les yeux de Gwendolen ? Était-ce là l'origine de sa brouille avec sa mère ? N'avait-elle jamais soupçonné les projets de Kilmuir, ou bien avait-elle refusé d'y croire ? Peut-être s'était-elle efforcée de les oublier, de s'imaginer que pour une raison ou une autre il se raviserait et que tout continuerait pour le mieux, qu'il l'aimerait de nouveau et nierait les rumeurs, que Dolly Twyford sombrerait alors dans l'oubli, et qu'un jour elle lui donnerait ces enfants si désirés...

Puis Mrs. Naylor avait tout gâché ! Voilà qui constituait une source de rancœur suffisante pour pousser Gwendolen à s'installer à Londres et sa mère à se retirer au fin fond de l'Écosse. Peut-être que seule une retraite dans le domaine de Glen Orchy pouvait étouffer sa culpabilité, et même sa peur de voir son crime dévoilé au grand jour... Qui d'autre pouvait être au courant ? Seuls les gens de maison de

Muir of Ord, qui garderaient le silence par loyauté ou manque de preuves. Quoi qu'il en soit, Mrs. Naylor ne voudrait plus y résider.

Si elle n'avait pas pris cette mesure radicale, Kilmuir aurait-il abandonné Gwendolen, alors condamnée à vendre son corps pour survivre, ou plus probablement à mettre fin à ses jours — comme elle avait fini par le faire ?

La pique d'Isobel lui avait-elle rappelé ces vieilles accusations ? Avait-elle craint de voir l'histoire se répéter et Bertie Rosythe croire à son tour aux rumeurs ? Voilà en effet qui aurait pu la plonger dans le désespoir et la pousser à choisir la mort pour ne pas sombrer dans la déchéance. Cette fois-ci, pas de mère pour la défendre.

Quelle terrible solitude elle avait dû ressentir — accusée à tort une deuxième fois, sans aucun espoir de trouver le salut dans la dénégation ! Comment nier quelque chose qui avait seulement été insinué mais jamais formulé ? Certains auraient pu contre-attaquer, alors quelle aurait été l'issue de cette histoire ? Sans doute une défaite plus douloureuse encore. Sa décision avait mis fin au problème presque avant qu'il ait commencé, en tout cas bien avant que l'affaire ne s'ébruite.

Soudain, Vespasia envisagea la pire des hypothèses. Gwendolen avait-elle cru qu'Isobel était au courant des accusations de Kilmuir, qu'elle le lui faisait savoir de façon subtile et la menaçait d'un chantage à vie, d'une torture sans fin ? Si c'était le cas, son suicide n'avait rien de surprenant. Une telle ignominie dépassait l'entendement. Était-ce même possible ? Vespasia s'en voulut d'en avoir esquissé l'idée, mais la colère et la jalousie d'Isobel lui revinrent avec une grande clarté, comme si la scène n'avait eu lieu que quelques secondes plus tôt. Puis elle retrouva son bon sens et écarta cette hypothèse. Isobel s'était laissée aller à un moment de méchanceté gratuite, rien de plus.

Elle se leva enfin et s'habilla, accablée de tristesse et de pitié pour Gwendolen et Mrs. Naylor. Assez sage pour ne rien entreprendre le ventre vide, elle descendit prendre le petit déjeuner, même si l'appétit lui manquait.

En bas, Isobel faisait les cent pas — elle se retourna à l'instant où elle entendit Vespasia approcher. Elle était blême, et de gros cernes noirs lui donnaient l'air malade.

— Où étiez-vous passée ? demanda-t-elle d'un ton agacé.

— Je me suis réveillée tard et je ne me suis pas levée tout de suite.

Jusque-là, il s'agissait de la vérité. Elle ne lui raconterait rien de sa conversation avec Mrs. Naylor, ni bien sûr des conjectures qui en avaient résulté. Elle avait honte d'être parvenue à ces considérations. Elle appréciait Isobel mais ne lui accordait peut-être plus la même confiance qu'auparavant.

— Qu'allons-nous faire toute la journée ? Qu'est-ce que c'est ici, à votre avis ? J'ai vu toutes sortes de gens, on se croirait dans une retraite religieuse.

— C'est possible.

Cette hypothèse n'avait rien d'absurde, car il était difficile de trouver endroit plus reculé.

Vespasia déjeuna de flocons d'avoine et de pain grillé agrémenté d'une marmelade très savoureuse et relevée qui, lui apprit-on, était faite sur place.

Elle en acheta tout de suite deux bocaux malgré la gêne supplémentaire qu'ils constitueraient pour le voyage. Elle en garderait un pour elle et offrirait l'autre à Omegus. Souvent invitée à sa table, elle avait fini par connaître ses goûts.

La journée passa tranquillement. La maison se révéla en effet une sorte de retraite — non pas religieuse, mais de toute évidence spirituelle. Mrs. Naylor s'était découvert une vocation d'écoute auprès des âmes en peine, solitaires ou coupables, à qui la peur ôtait tout courage ou tout espoir de relever la tête.

Vespasia se prit à regretter de ne pouvoir rester plus longtemps et s'efforça de se rappeler que la décision ne lui revenait pas, surtout maintenant que l'hiver s'installait. Il leur fallait accompagner Mrs. Naylor à Londres, puis retourner à Applecross pour rendre compte de leur succès à Omegus et affronter les autres. L'attente ne les contraindrait pas très longtemps au silence.

Ayant pu observer Finn à plusieurs reprises, elle décela chez lui beaucoup d'humour et une grande force d'introspection, et perçut sans mal pourquoi Mrs. Naylor se plaisait auprès de lui. Sa capacité à s'émerveiller et à rêver semblait encore intacte.

Ce fut à regret qu'au lever du jour le lendemain elle prit la route avec Isobel et Mrs. Naylor, MacIan et toute une caravane de poneys. Finn les accompagna à la grille de la cour, les cheveux et son manteau battus par le vent violent. Vespasia savait qu'il avait déjà fait ses adieux à Mrs. Naylor et qu'à cet instant les mots auraient gêné la compréhension qui régnait entre eux.

Ils prirent le chemin du sud par la grand-route. Presque sept miles les séparaient de Tyndrum, et environ cinq autres de Crianlarich. En gardant une cadence soutenue, ils arriveraient à la nuit tombée. Sur de bonnes routes, à bord d'une voiture, le voyage n'aurait pris que la matinée, mais la région était hostile, les pics couverts de neige, et ils subirent les assauts de bourrasques glaciales. Ils étaient à la merci de la première grosse tempête de neige.

Malgré ces difficultés, Mrs. Naylor n'eut pas un seul moment d'hésitation. Ouvrant la marche aux côtés de MacIan, elle laissa Isobel et Vespasia suivre de leur mieux. Les poneys de ces dernières étaient aussi bons qu'un autre — tout n'était qu'une question d'endurance humaine. Si Mrs. Naylor avait le moindre doute à leur égard, elle n'en montra rien.

Ils traversèrent d'un pas lourd ce pays sauvage tout en montagnes et en ciel, parfois illuminé par un soleil vif dont les rayons aveuglants se reflétaient sur les pentes neigeuses. Quand une rafale surgie de nulle part s'abattait sur eux, ils resserraient les rangs, le dos tourné vers le vent jusqu'à ce qu'il retombe, et reprenaient leur chemin.

Vespasia regarda Isobel et reçut en réponse un sourire contrit. Elles se comprirent sans un mot : ce froid mordant, leur progression lente et inégale, le besoin de guider leurs montures avec la plus grande attention, et même le temps perdu quand elles devaient mettre pied à terre et marcher dans la neige qui leur arrivait aux genoux, leurs jupons trempés jusqu'aux cuisses, rendaient au moins toute conversation impossible. Peu importait l'artifice, c'était une bénédiction, la mort de Gwendolen pesant sur le cœur et l'esprit de chacun.

Ils n'atteignirent l'auberge de Tyndrum que bien

après midi, et le temps se gâtait comme si à trois heures le soleil serait déjà couché.

— On ne sera pas à Crianlarich avant la nuit, déclara MacIan en jetant un regard circonspect vers le ciel. Il est déjà une heure passée et il nous reste encore cinq miles difficiles. Mieux vaut laisser les poneys se reposer et repartir bien frais demain matin.

— On doit pouvoir parcourir cette distance dans l'obscurité, non ? dit Isobel d'un ton pressant. Nous avons déjà fait le plus gros !

— Nous avons avancé de sept miles, Mrs. Alvie, lui répondit MacIan d'un air renfrogné. Si vous croyez pouvoir accomplir le même trajet en deux heures, vous vous trompez. En ce qui me concerne, j'infligerai pas ça à mes poneys. Profitez de l'occasion pour reprendre des forces et réjouissez-vous d'avoir trouvé un endroit confortable.

Il se tourna vers Mrs. Naylor.

— Allez donc boire un petit verre, madame. Moi, je vais m'occuper des bêtes. Mettez-vous au chaud.

Elles allaient être confrontées à ce que Vespasia redoutait elle aussi : un après-midi au coin du feu en compagnie de Mrs. Naylor. Le déjeuner fut supportable. Encore tout engourdies par le froid, elles furent heureuses de pouvoir manger, surtout le haggis savoureux relevé aux herbes qu'on leur offrit malgré la Burns Night[1] qui approchait. On le leur servit accompagné de purée de pommes de terre et de rutabagas, de galettes sans levain et d'un fromage à la saveur délicate recouvert d'avoine, le *cabac*.

Quand ils eurent terminé, on débarrassa la table, et

1. Fête écossaise à la gloire du poète Robert Burns, où l'on sert du haggis. *(N.d.T.)*

après avoir jeté de la tourbe dans le feu pour le raviver, on laissa les voyageurs dans le petit salon décoré de têtes de cerf. Dans le silence pesant, Vespasia remarqua le bref sourire qui passa sur les lèvres de Mrs. Naylor. Elle comprit alors que cette dernière devinait leurs pensées et était assez maîtresse d'elle-même pour mieux supporter cette épreuve qu'elles. Le chagrin lui porterait sans doute un coup au cœur, mais elle ne ploierait ni ne se briserait sous ses assauts. C'est elle qui imposerait sa volonté.

Par deux fois, Isobel fit mine de vouloir parler mais se ravisa.

— Avez-vous quelque chose à nous dire, Mrs. Alvie ? finit par lui demander Mrs. Naylor.

— Seulement que nous ne pouvons rester dans le silence tout l'après-midi, mais j'ai l'impression que c'est ce que vous souhaitez.

— De quoi voulez-vous donc discuter ?

Isobel ne sut que répondre.

— De Glen Orchy, intervint Vespasia. J'aimerais savoir comment vous avez trouvé ce lieu, comment on peut apprendre son existence et qui vous y accueillez.

Mrs. Naylor la considéra avec un sourire ironique, comme si elle était enfin confrontée à un moment de décision.

— Vous ne me demandez pas ce que j'y fais, ni pourquoi j'y demeure, commenta-t-elle. Est-ce parce que d'après vous je ne vous répondrai pas, ou parce que la bienséance vous dicte que ce serait indiscret ?

— Les deux, mais surtout parce que je crois déjà le savoir.

Isobel parut surprise.

Mrs. Naylor l'ignora.

— Vraiment ? Permettez-moi d'en douter, mais nous n'en débattrons pas. Si l'une d'entre nous est redevable à l'autre, ce dont je ne suis pas sûre, alors c'est vous.

— J'ai des enfants, expliqua Vespasia avec douceur.

Elle allait ajouter qu'elle connaissait l'amour maternel et l'instinct protecteur d'une mère, mais elle lut la mise en garde dans le regard de Mrs. Naylor et vit la peur la crisper. Elle préféra donc se taire, mais elle savait qu'elle avait raison, tout comme le savait Mrs. Naylor. Pour la première fois, ce fut Vespasia qui dirigea la conversation. Elle répéta ses questions. Mrs. Naylor y répondit, et à mesure que le jour déclinait, les deux jeunes femmes entendirent conter une histoire de courage et de force de caractère incroyables, de compassion et de détermination, mais racontée de telle façon qu'elle leur parut des plus naturelles et ordinaires, comme si elle avait en fait agi de la seule manière possible.

Ayant acquis une maison qui menaçait ruine, Mrs. Naylor et Finn l'avaient rénovée jusqu'à lui rendre son confort initial. Puis, accueillant un hôte après l'autre — le premier était arrivé par hasard —, le lieu était devenu un refuge pour les voyageurs qui avaient non seulement besoin de se protéger de la rudesse des Highlands en hiver, mais aussi des périodes les plus difficiles de l'existence, et qui venaient s'y reposer, recouvrer leurs forces, mais, plus encore, retrouver un sens à la vie, une orientation et surtout l'espoir.

Quand elles se retirèrent après le dîner, Isobel suivit Vespasia à l'étage.

— Qu'est-ce que je vais faire ? demanda-t-elle

avec une pointe de désespoir dans la voix, une fois dans la chambre qu'elles allaient partager.

— Ce que vous avez promis à Omegus. Mrs. Naylor ne dira rien de plus que ce que vous relaterez aux autres.

— Ça, je m'en fiche ! rétorqua Isobel, agacée. C'est à ma vie que je pense ! Je ne veux pas épouser Bertie Rosythe, même s'il me demandait en mariage ! Je ne veux pas de ce genre d'homme. Je préfère la solitude, au risque d'en mourir à petit feu, dit-elle d'une voix soudain plus stridente, comme si sa colère devenait incontrôlable. Bon sang, êtes-vous suffisante au point de ne même pas comprendre de quoi je parle ? Ne vous souciez-vous jamais que de l'argent, de la mode ou de la saison ? Apprendre quels sont ceux qui comptent, trouver moyen de vous en faire connaître et choisir les bonnes réceptions, n'est-ce pas tout pour vous ? Une fois chez vous, quand vous enlevez votre diadème et que vos domestiques suspendent votre robe, qui êtes-vous alors ?

Elle pleurait presque, à présent.

— Qu'est-ce qui vous reste ? Qu'est-ce qui compte pour vous ? Est-ce là tout ce que vous a apporté le confort ? Êtes-vous imbue de vous-même au point d'en avoir le cœur desséché ?

Vespasia lut le mépris dans son regard et comprit qu'il couvait depuis toujours. Cela la touchait-il assez pour qu'elle baisse enfin sa garde et lui réponde avec franchise ? Se taire reviendrait à se renier, presque à lui donner raison.

— J'ai en moi trop de douleur et d'espoir pour cela, répondit-elle avec gravité. Les plus beaux jours de ma vie, je ne les ai pas passés en robe de bal. J'apportais eau et bandages à des blessés, et j'étais parfois armée d'un pistolet. Je portais une robe grise ordinaire qu'on m'avait prêtée, je combattais sur les barricades à Rome lors d'une révolution qui a échoué.

La voix étranglée par les larmes, elle dut parler plus bas.

— Et j'étais amoureuse d'un homme que je ne reverrai jamais. Vous n'avez aucun droit de mépriser quelqu'un tant que vous ne connaissez pas sa véritable personnalité, Isobel. Et ni vous ni moi ne connaîtrons jamais personne assez bien pour cela. Réjouissez-vous-en. Le dédain n'a rien d'un sentiment noble.

Elle respira à fond.

— Dormez bien. Nous devons atteindre au moins Crianlarich avant demain soir. Je sais que ce n'est qu'à cinq miles, mais parcourir cette distance dans les collines en pleine tempête, ça nous semblera plus dur que trente miles chez nous. Bonne nuit.

— Bonne nuit, répondit Isobel avec douceur.

Le lendemain, ils durent avancer sous les assauts des tempêtes de neige, dont une fut assez violente pour lcs arrêter plus de deux heures, mais ils arrivèrent malgré tout à Crianlarich avant le coucher du soleil et avancèrent le jour suivant jusqu'à la pointe du Loch Lomond, avec en vue le sommet blanc du Ben Lomond.

Ensuite, ils longèrent la rive du lac jusqu'à dépasser le Ben, et, le matin du cinquième jour après leur départ de Glen Orchy, les trois femmes firent leurs adieux à MacIan et le remercièrent de tout cœur. Elles rejoignirent en barque l'autre rive, qui ne se trouvait plus qu'à une vingtaine de miles de Glasgow. De là, il ne leur resterait plus qu'à louer un attelage et gagner la gare. En calèche, sur une bonne route, elles pourraient accomplir le trajet en une journée.

Après le petit déjeuner, on aida Isobel à monter en voiture, puis Vespasia, et enfin Mrs. Naylor. Sachant que cette dernière conduisait très bien, Vespasia avait choisi de lui laisser les rênes. D'ailleurs, c'est elle qui avait repris le contrôle du cheval fou qui avait tué Kilmuir. Bonne cavalière elle aussi, Vespasia n'avait cependant pas une grande expérience de la conduite, qui exigeait des aptitudes tout à fait différentes.

Mrs. Naylor se montra hésitante.

Vespasia se demanda si c'étaient les souvenirs de la mort de Kilmuir qui lui revenaient : le doute, la culpabilité, les regrets — et même la crainte que ce soit le fait d'avoir assisté à la scène qui avait tellement fragilisé Gwendolen. Cette dernière savait-elle que sa mère avait tué pour la sauver? Était-ce là le fardeau qu'elle ne pouvait porter?

Mrs. Naylor s'installa à la place du cocher et s'empara des rênes avec maladresse. Elle les tenait les mains jointes au lieu de les écarter de façon à contrôler le cheval.

Le valet d'écurie lui montra patiemment comment s'y prendre mais elle paraissait toujours mal à l'aise. Le cheval le sentit et s'agita.

Soudain, Vespasia comprit tout. Mrs. Naylor ne savait pas conduire. Ce n'était pas elle qui tenait les rênes quand Kilmuir était tombé, mais Gwendolen! Vespasia l'avait vue faire à Londres : elle excellait dans cette pratique! C'était Mrs. Naylor qui avait assisté à la scène. Tout s'expliquait, à présent. Elle avait dû protéger sa fille, et Gwendolen, sous le choc, s'était autorisée à oublier, à transformer la vérité pour la rendre plus supportable.

Mrs. Naylor se reprochait d'avoir arrangé un mariage avec un homme tel que Kilmuir, de ne pas l'avoir jugé à sa juste valeur. C'était pourtant le premier devoir d'une mère envers sa fille, et Mrs. Naylor avait manifestement échoué. Voilà pourquoi elle était disposée à porter le fardeau de la culpabilité, ce que Gwendolen avait accepté.

Puis une seule remarque banale et cruelle avait brisé la nouvelle image qu'elle voulait renvoyer — disparus, l'espoir et le bouclier protecteur de l'oubli, remplacés par le spectre d'un chantage à vie par ceux qui savaient ou devinaient au moins une partie de la vérité.

— Laissez-moi faire ! déclara Vespasia d'une voix étonnamment calme.

On pouvait attribuer au froid le léger tremblement qui y subsistait.

— Donnez-moi les rênes. Je ne suis pas aussi douée que Gwendolen, mais je suis tout à fait capable.

Elle se hissa devant pour prendre la place de Mrs. Naylor. Lorsque leurs regards se croisèrent, cette dernière sut qu'elle avait tout compris.

Vespasia lui sourit. On n'évoquerait plus jamais le sujet. Isobel ne pouvait se le permettre — elle avait ses propres secrets à garder —, et Vespasia n'en avait aucune envie.

Elles entamèrent la dernière partie de leur voyage.

Après un trajet en train long et ennuyeux, elles arrivèrent enfin à Londres. Dans trois jours, c'était Noël. Il ne leur restait plus qu'à gagner Applecross, où Omegus Jones se trouvait déjà, Vespasia le savait. Ne voyant aucune raison de s'attarder en ville, elle convia Mrs. Naylor et Isobel dans sa résidence de campagne, située à dix miles d'Applecross. Quand Mrs. Naylor accepta son invitation, la joie qu'elle en ressentit la surprit.

Après avoir embrassé son mari et ses enfants, Vespasia s'empressa d'écrire une lettre à Omegus pour lui dire qu'elles étaient rentrées, et que pour valider le serment du petit groupe, il ne leur restait plus qu'à annoncer qu'elles avaient accompli leur mission. Puis elle cacheta l'enveloppe et confia à un domestique la charge de remettre ce mot à son destinataire.

— Dois-je attendre la réponse, Madame ? demanda l'homme.

— Oui ! C'est de la plus grande importance !

— Très bien, Madame.

Lorsqu'il revint quelques heures plus tard, elle ouvrit la missive sans attendre qu'il soit reparti.

Ma chère Vespasia,

Vous n'imaginez pas comme je suis soulagé d'apprendre que vous êtes revenue saine et sauve, et que vous avez réussi. La lettre de la loi aurait suffi à contraindre nos amis au silence, mais c'est l'esprit qui guérit le pécheur, et c'est au fond tout ce qui compte.

J'avoue m'être inquiété pour vous ; il m'est arrivé de passer de la certitude absolue que rien de fâcheux ne vous arriverait à la peur écrasante d'apprendre qu'une catastrophe vous avait emportée. Si j'avais connu la teneur véritable de votre périple, je ne vous aurais jamais permis de l'entreprendre, et rien de tout cela n'aurait été accompli. Peut-être est-il parfois préférable de ne pas savoir ce qui nous attend, car sinon nous ne tenterions rien et l'échec serait inévitable.

Bien sûr, vous voudrez passer Noël auprès de votre famille, mais accepterez-vous de venir accompagnée d'Isobel et de Mrs. Naylor à Applecross pour le réveillon, de façon à entériner notre engagement et libérer Isobel ? Les autres seront présents aussi.

J'attends votre réponse avec espoir,
Votre ami et serviteur,
Omegus Jones.

Elle replia la lettre en souriant et la rangea dans le tiroir de son écritoire, qu'elle ferma à clé. Puis elle alla faire part de l'invitation d'Omegus à Isobel et Mrs. Naylor. Le lendemain matin, elle envoya le même domestique annoncer qu'elles l'acceptaient.

Elles partirent dans l'après-midi afin d'être à Applecross pour le dîner. Le temps était froid et piquant, mais la neige n'était pas encore tombée, et l'on sentait juste dans l'air un goût de givre. Lorsqu'elles arrivèrent, elles tremblaient malgré les plaids qui les couvraient et se réjouirent de pouvoir mettre pied à terre et s'abriter dans la grande salle décorée de houx et de gui, de rubans écarlates, de pommes de pin dorées et de saladiers de fruits.

Dans un coin, un énorme sapin chargé de décorations, de bougies, de guirlandes de papier coloré et de petits paquets aux couleurs joyeuses, diffusait une odeur boisée qui se mêlait aux senteurs d'épices et de feu de bois, et au fumet discret de la viande rôtie et du pudding. On percevait une certaine excitation dans les voix étouffées des servantes, dans leurs petits rires et les bruissements de leurs jupons. Dans la cheminée, un feu ardent crépitait. Des valets leur apportèrent vin chaud et friandises à la pâte d'amandes, tartelettes de Noël tièdes et zestes d'agrumes confits.

Omegus fut ravi de les voir. Il complimenta Isobel, présenta ses plus sincères condoléances à Mrs. Naylor et lui assura qu'il lui expliquerait tout ce qu'elle souhaiterait savoir quand elle se sentirait prête à l'interroger, et qu'il la conduirait à sa convenance sur la tombe de Gwendolen.

Elle le remercia et déclara que les fêtes devaient primer sur tout le reste. C'était un comportement courageux et généreux, et Vespasia n'en attendait pas moins d'elle.

Dix minutes plus tard, lorsqu'ils furent seuls, Omegus prit Vespasia par le bras et la retint avec une fermeté surprenante quand elle tenta de se libérer.

— Vous ne m'avez pas tout raconté, je crois, déclara-t-il d'une voix calme.

Elle fit volte-face.

— Comment ça ?

Il sourit.

— Je vous connais, ma chère. Vous n'apprécieriez pas autant Mrs. Naylor, comme c'est visiblement le cas, si vous n'étiez devenue plus intime avec elle. Vous avez appris quelque chose à son sujet qui a suscité votre admiration, sentiment que vous n'éprouvez jamais sans une bonne raison. N'ayant rien perçu de semblable chez Isobel, j'en conclus que vous ne lui en avez pas fait part. Je me demande pourquoi, mais la réponse a sans doute un rapport avec la mort de Gwendolen. Est-ce un détail que je devrais connaître ?

Vespasia rougit. Bien qu'elle n'eût jamais envisagé de tout lui raconter, elle se sentit incapable de lui mentir. Non pas qu'il lui manquât l'imagination nécessaire — c'eût été assez facile —, mais si elle plaçait une telle barrière entre eux, elle perdrait quelque chose auquel elle accordait une immense valeur.

D'une voix très douce, elle lui raconta ses soupçons, ce qu'elle avait fini par conclure, et la vérité sur la mort de Kilmuir.

— Et vous n'avez rien dit à Isobel ? demanda-t-il d'un ton grave.

— Non. Ça ne...

Elle lut dans son regard les reproches qu'elle-même refoulait.

— Elle est en droit de le savoir, n'est-ce pas ? reprit-elle.

— Oui, répondit-il sans équivoque.

— Je lui raconterai tout après le repas, promit-elle. Lorsqu'elle aura fait la paix avec Lady Warburton.

Il haussa les sourcils d'un air interrogateur.

— Vous craignez qu'elle ne sache pas se montrer discrète alors qu'elle compte sur le silence des autres ?

Vespasia sentit de nouveau le sang lui monter aux joues.

— Je ne sais pas, reconnut-elle. Mrs. Naylor mérite cette discrétion, et elle est indispensable pour Gwendolen.

Omegus posa un instant la main sur la sienne puis lui offrit son bras.

— Et si nous allions dîner ?

Le repas fut somptueux et excellent. Après les plats principaux, mais bien avant que les dames songent à se retirer, Omegus se leva et les conversations cessèrent.

— Mes chers amis, nous sommes réunis en cette veille de Noël afin d'honorer un serment que nous avons prêté il y a moins d'un mois. Nous avions alors promis que si Isobel Alvie allait en Écosse remettre la lettre de Gwendolen à Mrs. Naylor et qu'elle l'accompagnait jusqu'ici, nous devions effacer ses torts de notre mémoire. Elle a accompli sa part...

— Vous espérez qu'on la croira sur parole ? demanda Fenton Twyford, un rictus sarcastique aux lèvres.

— Mrs. Naylor est ici avec nous, rétorqua Omegus. Si vous doutez d'Isobel, ou de moi, vous pouvez l'interroger.

Il désigna Mrs. Naylor, qui demeurait calme et très digne.

Fenton Twyford se tourna vers elle et, accueilli par un regard glacial, se ravisa. Se rendant compte de son impertinence, il rougit.

Un sourire effleura les lèvres d'Omegus.

— C'est à présent notre tour de respecter notre engagement. Celui ou celle qui le rompra n'existera plus à nos yeux. Nous cesserons de lui parler, de l'inviter aux événements mondains et l'ignorerons en toutes circonstances. Il ou elle aura choisi d'être quelqu'un dont la parole n'a aucune valeur. Je ne puis concevoir qu'on veuille être un tel... individu. Mrs. Naylor a juré d'être tenue par le même code.

— C'est juste, déclara-t-elle avec clarté. Je souhaite apporter une précision inconnue de Mr. Jones. Le rôle qu'a joué Mrs. Alvie dans la mort de ma fille est bien plus ténu que vous ne le croyez. Sa remarque n'a été que la dernière goutte qui a fait déborder le vase déjà rempli par d'autres, ce dont Mrs. Alvie n'avait qu'une connaissance restreinte. Je n'ai pas l'intention de vous expliquer quels fardeaux portait ma fille. Leur place est dans la tombe avec elle. En tout cas, il serait injuste que Mrs. Alvie paie davantage pour une faute qu'elle a déjà expiée par ses efforts à mon égard. L'affaire est close.

Les yeux écarquillés, les lèvres ouvertes sous l'effet de l'étonnement et de la colère naissante, Isobel se tourna vers elle.

— Si je comprends bien, ils allaient me punir alors que je n'étais qu'en partie coupable ?

— Oui.

Isobel lança un regard noir à Lady Warburton.

— Vous alliez me détruire, me laisser dans un désert d'où je ne serais jamais sortie !

— Je ne savais pas, protesta Lady Warburton, tremblante. Je vous croyais fautive.

— Vous le croyiez vous-même, ajouta Blanche Twyford. Ne le niez pas !

— Oui, c'est exact ! cracha Isobel. Mais vous n'avez montré aucune pitié.

— C'est la vérité, la coupa Omegus, d'une voix claire et catégorique. La pitié, la capacité à pardonner, à effacer une faute de sa mémoire, à accepter ces cadeaux divins que sont l'amour et l'espoir, le courage de repartir de zéro en étant animé par la foi en la rédemption, c'est là tout le sens de Noël. Voilà pourquoi nous sommes réunis aujourd'hui. Voilà pourquoi nous décorons la salle de houx, pourquoi les cloches résonneront cette nuit de village en village jusqu'à emplir la terre et le ciel de leur son.

Il attendit la réponse d'Isobel, non pas exprimée par des mots mais par son regard.

Elle n'hésita qu'un instant.

— Bien sûr, fit-elle. Je suis revenue de ce périple à Noël, et mon voyage ne s'achève peut-être qu'à cet instant même. Toute ma vie je vous serai reconnaissante, à vous pour m'avoir offert cette chance, et à

Vespasia pour m'avoir accompagnée alors que rien ne l'y obligeait. Comment pourrais-je accepter le pardon pour mes fautes et ne pas l'accorder aux autres ?

— C'est le voyage de tout un chacun, déclara Omegus en souriant. Nul n'est obligé de l'accomplir seul. Mais le choix d'accompagner quelqu'un est l'ultime acte d'amitié qui nous rapproche le plus de l'homme dont nous fêtons la naissance à Noël, et le plus beau cadeau de tous.

Il leva son verre.

— À l'amitié éternelle !

Tous les convives répondirent en levant leur verre.

— À l'amitié éternelle !

Impression réalisée sur Presse Offset par

BRODARD & TAUPIN

GROUPE CPI

La Flèche (Sarthe), 33977
N° d'édition : 3773
Dépôt légal : novembre 2005
Nouveau tirage : mars 2006

Imprimé en France